侍の大義

酔いどれて候 5

稲葉 稔

角川文庫
17165

目次

第一章　闇夜の影

一

下総《しもうさ》国に一万二千石の小藩がある。松平相模守勝権《まつだいらさがみのかみかつのり》が藩主であった。城はなく藩陣屋付近に小さな宿場町が形成されているに過ぎないが、下総東部の交通の要衝で、大寺《おおでら》（現・匝瑳《そうさ》市）から佐倉《さくら》、あるいは銚子《ちょうし》へ通ずる道の継立場として機能していた。

世は天下泰平で大きな問題もなく多古藩《たこはん》は、長い間平穏であった。しかし、数年前から農村はおりからの天候不順に見舞われ、田畑は不作となっていた。これは多古藩だけでなく、西国をのぞくほとんどの諸国がそうで、大洪水、冷害、大風雨などの打撃を受け、米を筆頭に穀類野菜などは高騰の一途を辿《たど》っていた。

食うに食えないのは百姓町人だけでなく、武士身分にも及んでいた。餓死や行き倒れ、捨て子などが増え、犬や猫まで食べなければ生きていけない村もあった。

平山《ひらやま》宇兵衛《うへえ》は作事方の下士であった。藩にあって作事方の仕事は雑多である。陣屋はもちろん領内で藩が管轄する建物の修理建築、河川、橋梁《きょうりょう》の工事、往還の整備などと何かと用を申しつけられる。宇兵衛は下士であるから、雑用仕事が多い。

その日も、染井村《そめいむら》に架かる小橋の普請の進み具合を見に行っていた。これには監督だけでなく、人足らといっしょに汗を流すという労働も加わっていた。

「やれやれ、あんな小さな橋の普請にも骨が折れる。腹いっぱい飯でも食えれば、人足らのはたらきもいいのだろうが……」

染井村をあとにしながら宇兵衛と肩を並べて歩く高田弥九郎《たかだやくろう》が、愚痴るようにいう。

「おれたちも稗《ひえ》や粟《あわ》だけじゃ持たぬからな……」

そういう宇兵衛は疲れ切っていた。二人とも足取りは重い。

一面の田畑は荒涼としている。今年はいったいいかほどの米が穫れたのだろうか。そんな疑問を呈するまでもなく、宇兵衛は村々を歩きまわっているのでよくわかっていた。米の収穫は例年の三分の一もなかったはずだ。そのしわ寄せで宇兵衛の禄《ろく》は減らされていた。ただでさえ安い給禄が、その半分になっていたのだ。

誰もが痩《や》せ細っていた。暮れゆく道ですれ違う者たちにも覇気がなかった。それなのに、鳴き声をあげ、ばさばさと羽音を立てながら、ねぐらに帰ってゆく鴉《からす》だけは元気がいい。

「おぬしは他の役目が似合っているのだがな。作事方になぞいるから冷や飯ぐらいになるのだ」

　ふうと、大きな嘆息をして弥九郎がいう。

　宇兵衛も立ち止まって暮れゆく空を眺めた。刷毛《はけ》で掃いたような雲が、日の名残に染まっている。周囲は低い山に囲まれていて、低地は痩せた田畑だった。

「おぬしは剣術の腕があるのだ。目付にでも推挙されれば、もっとよいはたらきができるのになあ」

「叶《かな》わぬこと……」

　宇兵衛は投げやりにつぶやく。軽輩はいつまでたっても、軽輩から這《は》い上がることはできない。これが戦国の世なら手柄を立てて立身出世も叶うのであろうが、もはやそんな時代でないのはわかっていた。

　それでもいくらかは出世できるだろうと、宿内にある剣術道場に熱心に通い、免許を受けていたのだった。だが、その努力も報われることはなかった。

「願い出てはどうだ？　ほうぼうから妙な輩《やから》がやってきたり、領内で悪さをして通りすぎているのだ。ただでさえ苦しい者たちが、さらに苦しめられているのだ」

　たしかにそうであった。諸国から流れ者がやってきては、百姓町人を脅し食べ物や金を強請《ゆす》り取るという事件が頻発していた。犯罪を犯すのは流れ者だけではなく、仕事にあぶれた職人や町人も盗みに走ったり、博奕《ばくち》をやって揉《も》め事を起こしたりしていた。

「願い出ても人は足りているだろうし、お上も首を縦には振らぬだろう。おれたちのような下役が減るのをいやがっているからな」

「恵まれぬ者は何もやってもだめということか……」

弥九郎は大きなため息をついた。

二人は陣屋のある宿場まで来ると、右と左に別れた。宇兵衛の家は宿場から東へ四半里ほど行った栗山川《くりやまがわ》のそばにあった。

家に着いたときにはもう日が暮れていた。空には星たちが散らばり、痩せた月が一方の山端に浮かんでいた。日が暮れると急に寒さが身にしみてくる時季である。ぶるっとふるわせた肩をすぼめて、家の庭に入った。

宇兵衛は両親と三人暮らしである。二十五歳になるが、妻帯できなかった。来手がないというより、嫁をもらっても食わせていける自信がないのでずるずると独り身をとおしているのだ。

（どうしたんだ……）

玄関まで来て、宇兵衛はおかしいと思った。いつもなら家のなかに灯《あか》りの気配があり、煙出《けむだ》し窓から炊煙がたなびいている。それなのに、灯りもつけられていないようだし、夕餉《ゆうげ》の支度も行われていないようだ。

（どこかへ出かけているのか……）

宇兵衛は背後を振り返った。急な用事で両親は出かけたのかもしれない。あたりの闇は濃さを増していた。

そのとき、はっと思うことがあった。このところほうぼうから流れてくる者たちが領内で悪さをしている。被害にあった家を何軒か知っていたし、知り合いのなかには脅された者もいた。

（まさか両親に……）

いやな胸騒ぎを覚えた宇兵衛は、息をひそめ、刀の鯉口を切って玄関の戸を用心深く開けた。家のなかは真っ暗である。人の姿もない。

暗い土間に目を走らせ、式台奥の座敷に目をやる。そっと、敷居をまたいだそのときだった。横合いから突然、白刃が襲いかかってきた。

宇兵衛は大きく足を踏み込みながら、鞘《さや》走らせた刀で相手の刀を横にすり落とすと、即座に肩を斬りあげた。鯉口を切っていたからできた早業だった。

「ううっ……」

曲者は小さくうめくと、膝《ひざ》からくずおれるように三和土《たたき》に突っ伏した。

宇兵衛は暗がりに目を凝らし、曲者の首筋に剣先を向けて、片膝をついた。その瞬間、大きく目をみはって驚いた。

二

「ち、父上……」

なんと、宇兵衛に襲いかかってきたのは、実の父親だったのだ。それを宇兵衛は斬り捨てたのだった。

「父上、なにゆえ、なにゆえかようなことを……父上、しっかりしてください」

宇兵衛は刀を投げ捨てると、父を抱き起こした。父・亀兵衛《きべえ》がゆっくり目を開けた。すでに虫の息である。支える宇兵衛の手に生ぬるい血がしたたっていた。

「お、おまえだったか……」

「なぜ、斬りかかってきたのです」

「ぞ、賊だと思ったのだ」

「賊……」

「……昼間、三人の男がやってきて……それで、あ、あきを……」

「母上がどうしたのです？」

父・亀兵衛は事切れていた。

「父上、父上……」

何度呼びかけても、もう亀兵衛は返事をしなかった。わずかに開いている目からも光が消えていた。

宇兵衛の腕のなかで息を引き取ったまま、身動きもしなかった。宇兵衛は大きく息を吐くと、その目をそっと閉じてやり、両腕に抱きかかえて座敷に横たえた。いいようのない悲しみが胸の内に広がっていた。それは悔恨という一言では表せないほどの胸苦しさであった。

「な、なぜ、こんなことに……父上……」

宇兵衛は涙を流しながら父の頬をなでた。大きく息を吸い、吐きだして、あかりを点《つ》けた。それから亀兵衛が母・あきの名を口にしたのが気になり、勝手に行った。台所の竈《かまど》にも火が入っていなかった。

そこはいつもと変わることがなかった。ただ、夕餉の支度はされていなかった。台所の竈にも火が入っていなかった。

行灯《あんどん》に火をつけて、奥の間に行った。襖《ふすま》を開けたとたん、「あ」と息を呑《の》んだ。

母・あきがそこに倒れていたのだ。宇兵衛は近寄って見たが、すでに死んでいるとわかった。胸を袈裟《けさ》懸けに斬られていた。血を吸った畳が黒々と広いしみを作っていた。

「……母上……母上……母上！」

宇兵衛は絶叫した。屍《しかばね》となった母の体を揺すり号泣した。誰が誰がこんなことを。なぜこんな目にあわなければならない。

（誰だ、誰がこんなひどいことを……）

宇兵衛は悲しみに打ちひしがれたまま滂沱《ぼうだ》の涙を流し、肩をふるわせ、背中を波打たせた。両親を並んで横たえると、どうにか冷静さを取り戻すことができた。キッとした目を玄関に注ぎ、雪駄《せった》も履かず表に走り出た。炯々《けいけい》とした目で周囲を窺《うかが》った。

父は賊だといった。賊がやってきたのだ。そして、母を殺した。そのために、父はその賊が再びやってくるかもしれないと思い、待ちかまえていたのだ。他に考えられることはなかった。だが、その賊はどんな者たちなのだ。どこにいるのだ。どこへ逃げたのだ。

激しい悲憤に駆られ、なんとしてでも賊を見つけて仇《かたき》を討たなければならない。しかし、その賊がどこの何者かはまったくわからない。どうやって捜せばいいのか、その術も浮かんでこなかった。

座敷に戻って両親の前に座した宇兵衛は、長い間動かなかった。そうしているうちに、今度は別の不安が押し寄せてきた。

このままでは自分は親殺しの罪を着せられるのではないかということだ。それはまちがってもないことであるが、両親を殺したのは……。いや、父親は自分が斬ったのだった。そのことに思いあたったのである。そして母親を殺したのが誰であるかもわからない。

（まさか、このわたしが親殺しに……）

宇兵衛はぶるっと体をふるわせて戦慄《せんりつ》した。賊の残していったものがないかと、家のなかをくまなく捜した。龕灯《がんどう》を持って家の周囲を調べもした。しかし、足跡ひとつ見つけることができなかった。

寒空に星たちが煌《きら》めいていた。ゆるやかな風が宇兵衛の頬をなでていった。藩に届けるべきかを迷った。賊に斬られたという証拠はなにひとつない。ためしに隣の家に聞きに行った。そこは勘定方の役人の屋敷で、建物も立派であれば、俸禄《ほうろく》も三十俵二人扶持《ぶち》の宇兵衛とちがい二百石取りでもあった。

訪《おとな》いの声をかけると中間が出てきた。

「お訊《たず》ねしたいのだが、昼間このあたりに不審な者がうろついていなかっただろうか？」

「不審な……いえ、何かございましたか？」

中間は額に太いしわを走らせて訝《いぶか》った。

「何やら悪さをする男たちがいると聞いたのだ」

「さあ、あっしは気づきませんでしたが……」

そういって、中間は家の奥を見てから宇兵衛に顔を戻した。

「あっしは旦那《だんな》さまについておりましたので、他の者が気づいているかもしれません。聞いてまいりましょう」

中間は奥に聞きに行ったが、誰も不審者に気づいた者はいなかった。

宇兵衛はそのまま後戻りしたが、自分の身の処し方がわからなくなった。藩に届けを出せば、自分が疑われそうだ。かといって、このまま黙っているべきではない。しかし、届けを出すには慎重を期さなければならない。

宇兵衛はきびすを返すと、藩陣屋のある宿場に足を向けた。相談できる者は一人しかいない。

三

宇兵衛を迎え入れた高田弥九郎は、楽な家着を着流して酒臭い息をして聞いた。

「何があったという？」

「ここではまずい」

人の耳を嫌った宇兵衛は、奥にいる細君に軽く目礼をして弥九郎を見た。

「ならば、おれの部屋に……」

のっぴきならぬことが起きたと感じたのか、弥九郎は奥の小座敷に案内した。細君が茶か酒を持ってこようかと声をかけてきたが、

「どうぞおかまいなく」

と、低声で宇兵衛は断った。細君は居間のほうに戻った。

「とんでもないことが起きた」

宇兵衛はそういって、自分が帰宅してからのことを事細かに話していった。弥九郎は煙管《キセル》を吹かして耳を傾けていたが、そのうち煙草を喫《の》むのも忘れ、呆気《あっけ》に取られた顔になった。隙間風が二人の間をすり抜けてゆき、障子をカタカタと揺らした。

「では、おぬしが帰ったときには母御はすでに斬られていたというのか」

「そうだ。父はその下手人が戻ってくるかもしれないと思い、息をひそめて待っていたのだ。それを、おれは……くくっ……」

宇兵衛は唇を嚙《か》んで、肩をふるわせた。

「このままではおれが下手人になる。両親を殺した男になってしまう。親殺しの罪を着せられるようなことになったら……」

「だが、おぬしがやったことではないのだ」

「いや、父上を斬ったのはおれだ」

色の黒い弥九郎の顔がはっとなった。

「下手人に思いあたることはないのか？」

宇兵衛は首を横に振るしかない。

「困ったな……」

弥九郎は腕を組んで考えはじめた。酔いもすっかり醒《さ》めた顔だ。

「弥九郎……やはり、届けるべきか。届けなければどうなる？」

宇兵衛はすがるような目を弥九郎に向けた。

「目付がどう考えるかであろう」

宇兵衛は目付の顔を思い出した。同輩らに嫌われている目付は、村田《むらた》清造《せいぞう》という陰気な男だった。それも宇兵衛と同じ道場に通っていた時期があり、どういうわけか宇兵衛を敵視していた。もちろん、目付は村田だけではないが、味方になってくれるとは思わない。

目付は人を疑うのが仕事で、手柄を立てるために些《さ》細《さい》な粗相でも罪をなすりつけることがある。一度、上司が馬に乗った際、財布を落として紛失したことがあった。そのとき馬を引いていた馬廻《うままわ》り役をなんの証拠もなく、拾って自分のものにしたとして断罪したことがある。

「届け出れば目付の調べが入る。そうなればどうなるか……」

弥九郎はうめくようにつぶやく。

「では、届けなければ……」

「それも困る。いずれおぬしへの調べはなされる。そのとき、父御を斬ったことを申せば……。うむ、事情をわかってくれればよいが、親殺しは……やはり……」

宇兵衛はさっと顔をあげた。

「いずれにしろ、おれは親殺しの罪を被《かぶ》ることになる。そうなれば生きてはおれぬ。そうだな」

「……………」

「親戚《しんせき》にもまわりの者にも、いいわけはきかぬ。そうであろう」

宇兵衛は目を光らせて、弥九郎に膝《ひざ》を詰めた。弥九郎は無表情だったが、諭すようにいった。

「宇兵衛、早まった考えを起こすんじゃないぞ」

「いや、おれはこのまま生きておれぬ。どう転んだところで、仕儀は同じだ」

「下手人を見つけて仇を取ればよい」

「どうやって捜せという。もう領内にはいないかもしれぬ。いたとしても、いったい誰の仕業であったか、まったくわからぬのだ。その手掛かりは何もないのだ」

「おぬしの見落としということもある。宇兵衛、おれもついてまいるから、もう一度捜してみようではないか。おぬしは気が動転していたから、そこにあるものも見えなかったのかもしれぬ」

ひょっとするとそうかもしれないと思った宇兵衛は、最後の望みを託すように、弥九郎の助けを借りて、家に戻って下手人の手掛かりを捜したが、まったく見つけることはできなかった。

「明日、明るくなってもう一度捜してみる」

帰る弥九郎にそういった宇兵衛だったが、もうその気はなかった。

そして、その夜を限りに宇兵衛の姿は、多古藩から煙のごとく消えてしまった。

四

江戸《えど》の町に夕日が落ちようとしていた。

このところ、暇を持てあましている曾路里新兵衛《そろりしんべえ》は、とくに用事はなかったのだが、上野《うえの》へ出かけ、ぶらりとひとまわりして、下谷大工屋敷《したやだいくやしき》までやってきたところだった。これは屋敷ではなく町名である。

そこに一軒の縄暖簾《のれん》が目についた。喉《のど》も渇いていたし、酒も切れかかっていた。

(軽くやっていこうか……)

手許《てもと》不如意ではあるが、酒を飲むぐらいの金はあった。

店に入ると、意外や繁盛している。土間には杉板の飯台が三つあり、入れ込みも十六畳ほどの広さだ。客は六、七分の入りで、女中たちが注文の品を運んだり、下げたりして忙しそうに動きまわっている。

客は近所の職人や町人の他に、侍の姿もあった。半々といったところか。

新兵衛は空き樽《だる》を腰掛けにしてある飯台の前に座り、酒を注文した。ひとつの飯台には五、六人が座れるようになっていた。隣り合わせたのは若い侍だった。その向こうには顔色の悪い、世を拗《す》ねているような表情をしている侍が、酒を舐《な》めるように飲んでいた。

「近所の方ですか？」

届けられた酒に口をつけると、隣の若者が声をかけてきた。道場の帰りらしく、そばには袋入りの竹刀があった。

「近所といえるかどうかわからぬが、浅草寺《せんそうじ》のそばだ」

「では田原町《たわらまち》のあたりですか」

「まさにそのとおり。蛇骨《じゃこつ》長屋に住む貧乏浪人である」

新兵衛はうまそうに酒を飲む。総髪は乱れており、無精ひげであるし、つぎこそあててないが、色あせた縦縞《たてじま》の袷《あわせ》を着流していた。

「蛇骨長屋ですと、三丁目ですね」

田原町三丁目に蛇骨長屋と呼ばれる一画がある。新兵衛はそこに住んでいる。

「詳しいな」

「浅草《あさくさ》にはちょくちょく遊びに行きますので」

「さようか……」

新兵衛はお通しの小茄子《こなす》の漬物をつまんだ。塩がほどよく効いていて、歯応《はごた》えがあった。まだ漬けて浅いようだが、このほうが新兵衛の好みだった。

「わたしは津村幸之進《つむらこうのしん》と申します。あなたは……」

若者は話が好きなようだ。新兵衛は一人で飲みたかったが、幸之進と名乗る若者は、人のよさそうな顔つきだし、言葉つきも態度も控えめである。好感の持てそうな男だから、

「曾路里新兵衛と申す」

と、幸之進を見て応じた。まだ、にきび面をしているし、瞳《ひとみ》が澄んでいる。おそらく十七、八歳だろうと見当をつけた。

「曾路里……めずらしい名ですね」

幸之進は酒で火照《ほて》った頬をゆるめた。

「よくいわれる」

「そうでしょう。めったに聞きませんからね。曾路里さんは、剣術はどちらで……」

「剣術……どちらということはないが、一応天然理心流《てんねんりしん》を修めた」

「へえ、天然理心流ですか。わたしは馬庭念流《まにわねん》を習っております。今日はその稽古《けいこ》の帰りです」

　幸之進は聞かれもしないのに、道場はどこにある、師範は人柄のよい人だが、稽古はどこの道場よりも厳しいという評判だとか、門弟は何人いるなどと勝手に話した。

「近ごろは胴着や小手を使っての稽古が流行《はや》っているようだが、おれのころはそんなものは使わなかった。竹刀でもなく木刀だった」

　釣られたように話すと、幸之進は興味を持ったらしく目を輝かせて、

「お近付きの印に一献」

などといって酌をしてくれる。酒であれば遠慮しない新兵衛だから素直に受ける。

その後も、幸之進は剣術の難しさ、技を身につけるための鍛錬などを話した。半分は聞き流す新兵衛だが、幸之進が剣術修業に一心不乱になっていることはわかった。

「曾路里さんは、強い武芸者にお会いになったことがありますか？」

「めずらしいことを聞く。いまどき武芸者などという者は少ないが、まあ剣術を身

につけた者はみな武芸者であろう。しかし、おれより強い者は掃いて捨てるほどいるだろう。真に強い者はあまり自分のことを自慢しないものだ」

「わたしもそう思います。しかしながら、ほんとうに強い人は、年を取っても強いのですね。今日道場の出身だと申される方が稽古をつけてくださったのですが、手も足も出ませんでした。その方はもう七十に手が届こうかという年なのですよ」

「ほう……」

「普段の鍛錬も余りなさっていないということでした。それなのに、わたしはまったくかないませんでした」

「そのご仁は天性の才を備えているのだろう。真に強い人には少なからず天賦の才がある」

「そういうものですか……」

新兵衛は酒を飲みほし、銚子《ちょうし》を一本追加した。飯台の向こうに座っている顔色の悪い侍が、ときどき興味があるのか見てきた。だが、あまり目つきはよくない。周囲には笑い声や楽しそうな会話があるが、その侍のところだけ、空気が澱《よど》んでいるようだった。

「では、天賦の才のある人は、稽古をしなくても強くなれるということでしょうか……」

幸之進が聞いてくる。

「剣術というのはしばらく怠ければ、驚くほどその腕は落ちる。ところが、天賦の才のある者が鍛錬に鍛錬を積んで、ある境地に達すると、これがどうしたことかあまり腕は落ちない。一度身についた動きを体が覚え込んでいるのだろう。それが才のある者とない者のちがいだ」

「なるほど、そういわれればそんな気がいたします」

新兵衛は微酔《ほろよ》いになってきた。朝から飲んでいる酒は切れかかっていたが、ほどよい酒を飲んだので心持ちがよくなった。

(これだから酒をやめられぬのだ)

と、一人胸の内でひとりごちる。

「しかし、天賦の才というのはわかりませんね」

幸之進が話しかけてくる。

「自分ではわからぬものだ」

「ではどうやって見きわめるのでしょうか?」

「わかる者にはわかるようだが、おれにはそのような目はない」

「ふむ……難しいことですね」

「大切なのは、ただひたすら稽古に励むのみだ。そのうちに何かが見えてくるときがある」

「高弟も同じようなことを申されていました。すると、曾路里さんは免許でもお持ちで……」

幸之進は少しだけ、軽蔑《けいべつ》するような目を向けてきた。だからといって嫌みは感じなかった。

「まあ、免許などあってもないようなものだ」

「では、お持ちなのですね」

今度は目を見開き、尊敬の眼差《まなざ》しに変わった。

「まあ、どうであろうか。さて、おれはそろそろこれを飲んだら帰ることにする」

新兵衛は二本目の銚子を飲みきると、幸之進より早く店を出た。

表には肌寒いというのを通り越した、冷たい風が吹きわたっていた。新兵衛はぶるっと肩を揺すってから、無数の星の散らばる夜空を見あげた。

帰路はまっすぐ進み、田原町に出たところで左へ折れればよかったが、新兵衛は近道をするために、途中の寺道を左へ折れた。このあたりには大小の寺が無数にある。ここも、そこもあっちも寺ばかりだ。あきれるほど寺がある。

（坊主はそれほど儲《もう》かるのか……）

と、思うのも不思議ではない。

祝言寺《しゅうげんじ》と善徳寺《ぜんとくじ》という両寺院に挟まれた道にやってきたとき、女の悲鳴がした。

一町ほど先の道である。悲鳴をあげた女がよろけるように倒れると、バタバタと数人の男たちが餌に群がるように駆けよった。

「放してください。何をするんです。いやッ」

男たちはいやがる女を引き起こして、逃げられないように囲った。新兵衛は目の前で起きていることに黙っていることができず、足を速めると、

「何事だ？」

と、声をかけた。

すると、夜目にも人相の悪そうな男たちの顔が振り向けられた。

五

「いやがっている女に、男がよってたかってなんの騒ぎだ。見て見ぬふりはできぬ……は、はっくしょん！」

新兵衛は大きなくしゃみをして、鼻の下を手の甲でぬぐった。

「てめえ、酔っぱらってやがるのか。へん、この女をどうしようがおれたちの勝手だ。横車入れやがるとただじゃすまねえぜ。早く帰りな」

口ひげを生やした男が、あたかも犬でも追い払うように手を振った。

「いやです。放して。わたしが何をしたってんです」

両腕をつかまれている女は、体をねじるように動かして抗《あらが》った。

「いいから連れてゆくんだ」

さっきのひげ面が仲間をうながした。男たちは全部で四人だった。

「おいおい、やめぬか」

新兵衛が女への乱暴を止めようとすると、ひげ面がいきなり抜刀して、新兵衛に切っ先を向けた。

「おい、下手な口出しはやめることだ。さもなきゃ斬り捨てるぜ」

新兵衛は酔った目でひげ面を見た。それから怯《おび》えている女を見た。女が救いを求める目を返してきた。夜目にも色の白い、男好きのする女だった。口許《くちもと》に米粒ほどの黒子《ほくろ》があった。

「女を放せ。これが最後の忠告だ」

ひげ面に刀を向けられていたが、新兵衛はかまわずにいった。

「何が忠告だ！」

ひげ面がいきなり横面を斬りつけてきた。新兵衛はよろっと左にかわすなり、酔っているとは思えない動きで刀を抜き払うや、ひげ面の脾腹《ひばら》を棟打ちにした。

どすっと、鈍い音がしたかと思うと、ひげ面は「あげッ」と、吐きそうな顔をして体を二つに折って片膝《かたひざ》をついた。それを見た、他の三人が気色ばみ、腰の刀を抜いた。新兵衛は月光を背にして立った。左脇をあけた、地摺《じず》り下段の構えである。三人は正面にいたが、一人が右に、もう一人が左へ足を交叉《こうさ》させながら移動した。

新兵衛は動かずに立ったままだが、ときどきふらっと体が揺れた。

「こいつ、酔っているんだ」

右の男がいった。口許に嘲笑《ちょうしょう》を浮かべている。

「やるというなら、怪我だけではすまぬぞ」

「けッ、馬鹿にしくさって」

正面の男がそういうなり、唐竹割りに撃ち込んできた。新兵衛は右足を一歩踏みだし、わずかに膝《ひざ》を折った。刃風をうならせる刀が、その脇を過ぎていった。相手の刀は空を切っただけである。

相手が慌てて振り返ったとき、新兵衛の刀がその男の首筋に、ぴたりとあてられていた。

「いったはずだ。怪我だけではすまぬと……」

新兵衛が諭すようにいったとき、横から斬りかかってきた男がいた。新兵衛はとっさに、半身を後ろにそらした。直後、撃ち込まれた刀がそばにいた男の肩を斬っていた。

「うわー」

肩を斬られた男は、その場にうずくまって、「てめえ、何でおれを斬りやがる！」と仲間に毒づいた。斬った仲間は「すまぬ」と一度謝ってから新兵衛に向きなおったが、鳩尾《みぞおち》に強烈な勢いで柄頭《つかがしら》をたたき込まれていた。

「げふぉっ……」

男は鳩尾を押さえ前のめりに倒れた。苦しそうに体をちぢめて転げまわっている。

残るは一人。

これは青眼《せいがん》に構えて、躊躇《ためら》っていた。新兵衛も青眼に構えて対峙《たいじ》した。

「せっかくの酔いが醒《さ》めてしまった」

新兵衛はすり足を使って間合いを詰めながら言葉を足した。

「もう手加減はせぬ。どこからでもかかってこい。存分に相手をしてやる」

さらに間合いを詰めると、相手は恐れをなしたように下がった。この男も、他の三人も浪人のようだった。それも在から流れてきた者たちと思われた。粗末な着物は埃《ほこり》と汗の匂いがしていた。

「どうした？　かかってこい」

新兵衛が再度誘いをかけると、相手はすすっと後ろにさがるなり、パッと背を向けて逃げ去っていった。他の三人も小腰になって、尻尾《しっぽ》をまるめた負け犬になっていた。

新兵衛は刀を鞘《さや》に納めると、あたりを見まわした。さっきの女の姿がない。

（うまく逃げたか……）

それならそれでよいと思った新兵衛は、再び家路についたが、新堀川《しんぼりがわ》の畔《ほとり》に出たとき、柳の陰からさっきの女が出てきた。

「先ほどは危ないところをありがとうございました」

丁寧に女は頭を下げて、顔をあげた。月あかりを受けた女の顔は蒼白《そうはく》に見えたが、それは月の光のせいかもしれない。それでも男好きのする面立ちである。手綱柄の袷《あわせ》は地味だが、ほつれ髪がどことなく妖艶《ようえん》であった。

「いったいなぜ、あんなことに……」

一陣の強い風が吹き抜けてゆき、女の裾《すそ》をめくりあげた。

「こんなところで立ち話もなんだ、その辺で話を聞こう。それとももう帰るか？」

「いいえ、ちゃんとお礼をしなければなりませんから。でも……」

「なんだ？」

「お金はありません」

新兵衛はふっと頬に笑みを浮かべた。

「心配いたすな」

新兵衛は女を「とんぼ屋」に連れて行った。お加代《かよ》という三十路を越した大年増がひとりで切り盛りをしている店だ。新兵衛の行きつけの店でもある。お加代は大年増ではあるが、目鼻立ちの整った色の白い器量よしだった。何かとだらしない新兵衛の世話を焼いてくれる、気立てのよさもある。

女は末《すえ》といった。上総《かずさ》の百姓の娘で、口減らしのために江戸に出てきているといった。

「それにしてもなぜあんな目に……」

新兵衛は勝手に手酌をして飲んでいる。末もいける口らしく、遠慮がちに盃《さかずき》を口に運んでいた。

「わかりません。わたしが歩いていたら、突然からかわれて、それで逃げようとしたら追いかけてきたんです。そこへ、曾路里さんが見えて助けてくださったのです。ありがとうございます」

「とにかく怪我がなくてよかった。女の一人歩きは気をつけなければならぬ。夜はとくにだ。あやつらはどうせ流れ者だろう。在であぶれた者たちが、江戸でうろうろしているからな。それでどこに住んでいるのだ？」

末はうつむいた。

新兵衛が困ったように顔をあげると、お加代と目があった。何だかおもしろくないという表情だ。客が引けたばかりらしく、さっきからお加代が聞き耳を立てているのはわかっていたが、口を挟んでくることはなかった。

「家がないというのではなかろうな」

黙っている末に声をかけると、

「じつは奉公していた店を飛び出してきたばかりなんです。やりたくない仕事を押しつけられるのがいやで……」

と、いいにくそうに口をつぐむ。事情がありそうだ。

「やりたくない仕事というのは……」

末はいいたくないというように首を横に振った。

「身寄りはないのか？」

「ありませんけど、知り合いがいますから、今夜はそこへ行こうと思っていたんです」

「近いのか？」

「……はい」

「では、送ってまいろう。またさっきのようなやつらに出くわしたらことだ」

「いえ、もう大丈夫です。ここからほどないところですから」

末はそういうと、後ろにさがって深々と頭を下げた。

新兵衛は末を店の表へ出て見送った。知り合いの家は田原町一丁目のほうにあるというから、さほどの距離ではなかった。できるだけ明るいところを歩いて行けというと、末は振り返って小腰を折った。

「新兵衛さん、こんなことといいたくはありませんが……」

店に戻ると、お加代が開口一番にいった。

「なんだい？」

「お末さんですけどね、一難を逃れたのはよかったけれど、気をつけなさい」

「は……」

「お末さんは、まともな女じゃないわ。これ以上関わらないほうがいいです」

「おいおい。いきなりなんだね」

「女の勘です」

お加代はめずらしく、キッとした目で新兵衛を見た。

六

帯にたくし込んでいた紙の切れ端を、掛行灯《あんどん》のあかりに照らして読んだ。

「しまざき屋」という文字が浮かんでいる。以前、その店の主《あるじ》からこっそりもらったのだった。他の客とちがい、しまざき屋の主は信用がおけそうだったから、念のために手許に置いていたのだった。

だが、末には役に立つかどうかわからなかった。さっきの曾路里という侍を頼ってもよかったが、金のなさそうな浪人だったので躊躇ったのだ。しかし、いざしまざき屋の近くまで来ると、ほんとうに頼れる人なのだろうか。頼ってもいい人なのだろうかという疑問が浮かんできた。

――あんた、困ったことがあったらいつでもわたしのところに相談に来なさい。

店で初めて会ったときに、しまざき屋の主はそういってくれたのだ。その真摯《しんし》な眼差《まなざ》しと誠実そうな面立ちに、末は心を動かされたのだった。

(でも、もうあとには引けない……)

末は腹を決めると、しまざき屋の戸口に立った。掛け看板に「しお」と書かれている。しまざき屋は塩問屋だった。

訪《おとな》いの声をかけると、若い奉公人が出てきた。

「なんでしょう？」

「あのぅ、わたしは末と申しますが、旦那《だんな》さまはいらっしゃいますか？」

末は遠慮がちにいった。

「どちらのお末さんで……」

奉公人は疑り深い目で、末の身なりを探るように見た。

「千住《せんじゅ》の末といえばわかるはずです」

奉公人は黙って奥に引っ込んだ。しばらくして、怪訝《けげん》そうな顔つきで、しまざき屋の主・和兵衛《かずべえ》がやってきた。すぐには思いだせないという顔つきで、

「千住のお末さん……」

と、首をかしげながらいう。

「万葉《まんよう》という水茶屋にいました末です」

いったとたん、和兵衛の目が見開かれ、

「いったいどうしたんだね」

と、家のなかを振り返って、表に出てきた。

「いや暗がりだからよくわからなかったんだが、どうしてここへ……」

「旦那さん、お忘れですか？　困ったことがあったら相談に来いとおっしゃったことを……」

「ああ、そうだったね。でもどうしたんだね。こんな時分に」

和兵衛は声を低めて、また家のなかを気にした。女房に知られるのがいやなのか

もしれない。それでも末は正直に、店で客を取らされるのがいやになり、飛び出してきたと、かいつまんで話した。給金も当初の約束とちがったとも打ち明け、今夜泊まるところがないので困っているといった。

「そ、そりゃ困ったな」

うーんと腕を組んで考えた和兵衛だったが、すぐに何かを思いついたらしく、

「ちょいとついておいで。通いの奉公人の家に泊めてもらうようにするから。店には泊める場所がないいんだよ。詳しいことは明日聞くことにするから。さあ、こっちだよ」

そういって和兵衛が連れて行ったのは、近所の長屋だった。お定《さだ》という太った女が一人で住んでいた。

「旦那さんの頼みだし、どうせわたしは一人だからいいですよ」

お定は二つ返事で受けてくれた。

浜野次郎左《はまのじろうざ》はずっと新兵衛のあとを尾《つ》けていた。その気になったのは、居酒屋で話を聞いたからだった。曾路里新兵衛は、剣術修業中の津村幸之進という若者と名乗りあって話していた。

次郎左は聞き流すつもりだったが、先輩面をして新兵衛がいった、天賦の才だと

か剣術の鍛錬がいかほどのものであるかなどという話が鼻についた。

(こやつ、それほどの腕なのか……)

そう思ったのだった。

だから、店を出た新兵衛を尾けたのだが、思いもよらずいい見世物を見物することになった。女を手込めにしようとしていた男四人を、新兵衛はあっさり倒したのだ。それも斬ることなく、見事な体さばきで。

酔っているはずなのに、たいしたものだと感心もした。そして、これなら使えると目をつけたのだった。だが、話す機会がなかった。暴漢から救った女と、とんぼ屋という小料理屋に入ったのだ。

(まさか、あの男あの女を口説くのではないだろうな)

そんなことを勘ぐったが、女は間もなくしてとんぼ屋から出てきて一人で帰っていった。そのとき、行灯のあかりに浮かんだ女の顔を見て、次郎左は興味を持った。自分の好みの顔立ちだったのだ。新兵衛のことを放って、今度は女を尾けた。

女は塩問屋を訪ね、それから近所の長屋に姿を消した。それを見届けた次郎左は、やはり曾路里新兵衛と話をしなければならないと思いなおして、とんぼ屋に帰ってきたのだった。

暖簾《のれん》越しに店のなかをのぞき見ると、新兵衛は店の女将《おかみ》と差しつ差されつで酒を飲んでいた。店を訪ねてもよかったが、次郎左は表で待つことにした。

狭い店で大事な話はできない。それに、新兵衛が長く尻《しり》を据えるとも思えなかった。

案の定だった。四半刻も待たずに、新兵衛は店の女将に送りだされて表に姿を現した。

「新兵衛さん、わかった？」

女将が声をかける。

「ああわかった。わかったからそううるさくいうな。おれは人助けをしただけではないか」

「それはわかっていますよ。だけど、心配なのですよ。新兵衛さん、人がいいから……」

新兵衛はあきれるというように首を振りながら、店をあとにした。女将も暖簾を下ろして、店のなかに消えた。

次郎左は新兵衛のあとを尾けた。新兵衛の足はさっきよりふらついている。よほど酒好きなのだろう。居酒屋でも朝から飲んでいるようなことをいっていた。

（これじゃ使えねえか……）

次郎左は考えなおした。だが、せっかくここまで尾けてきたので、そのまま帰る気にはなれなかった。久しぶりに自分の腕を試してもよいと思った。相手は酔いどれだ。まちがっても斬られることはないだろうし、そんなヘマをするつもりもない。

(やるか)

心中でつぶやいた次郎左は、あたりに目を配った。さいわい人の姿はなかった。よし、ひと思いにやってやろうと腹を決めて足を速めた。

「曾路里、曾路里新兵衛」

次郎左は声をかけた。

第二章　水路普請

一

ふいの声に振り返った新兵衛は、そばに立つ男を見た。星あかりはあるが顔ははっきりとは見えない。

「どなたであろうか……」

よろっと体がよろけそうになったので、新兵衛は足を踏ん張った。

「きさま、剣術の講釈をたれておったが、腕に自信はあるのだろうな」

「はて、なにゆえそのようなことを……」

新兵衛は相手の顔をよく見ようと、目を凝らして、「おや」と思った。下谷大工屋敷の居酒屋で、同じ飯台で酒を飲んでいた陰鬱《いんうつ》そうな男だった。

「おてまえは下谷の店で酒を飲んでいたな」

「ほう、覚えていたか。若い男に好きなことをほざきおって……」

男はずいと一歩足を進めてきた。目が剣呑《けんのん》だ。

「何を語ろうが、おれの勝手だろう。それで何かご用でも……」

「用などない。きさまが気に食わぬだけだ」

男はいうなり、抜きざまの一刀で斬りつけてきた。新兵衛はよろけながらかわして、刀の柄《つか》に手をやり、

「いきなり無礼ではないかッ。いいがかりをつけての喧嘩《けんか》ならお断りだ」

と、一喝するようにいった。

「黙れッ。きさまのようなやつは虫が好かぬのだ」

男はまた撃ち込んできた。新兵衛はたたらを踏むように後ずさってかわしたが、相手が本気で斬りにきているのではないと見抜いた。こっちの腕を試そうとする、そういう太刀筋である。しかし、油断すれば怪我をしかねない。

「なるほど、少しはできるようだな。おもしろい」

男は八相に構えなおして、片頬に薄笑いを浮かべた。

「待て、おれと斬り合ってなんのためになる。無用なことはやめるんだ」

「無用なことだと」

男の目が炯々《けいけい》と光った。

「おれを小馬鹿にするのか?」

「馬鹿になどしておらぬ。無用な斬り合いをやっても何のためにもならぬというの

だ。それとも誰かにおれを斬るように頼まれているのか？」

　新兵衛にはそんな男がいる。しばらく顔を合わせていないが、高利貸しの河内屋《かわちや》惣右衛門《そうえもん》は少なからず自分に意趣を抱いている男だ。

「ふん、誰にも頼まれてはおらぬわい。だが、今夜のところはこれまでにしておこう。きさまは酒に酔っているようだからな。酔っぱらいを斬っても詮無《せんな》いことだ」

　男は刀をおろした。新兵衛は大きく息を吐きだした。

「油断するな。あらためて、きさまの腕を試す。そう心得ておけ」

　男はそう吐き捨てると背を向けた。

「待て」

　新兵衛が呼び止めると、男が振り返った。

「名はなんと申す？」

「……浜野次郎左」

　男は一瞬躊躇《ためら》ったあとで、そう名乗った。

「浜野、次郎左……覚えておこう」

　新兵衛は刀を鞘《さや》に納めて、次郎左を短く見ると、今度は先に背を向けて自分の長屋に向かった。

　暗い木戸口を入り、路地を進んだが、背後に視線を感じた。もしや、さっきの男かと思って振り返ると、やはり浜野次郎左が木戸口に立って新兵衛を見ているのだった。

(気味の悪いやつだ)

心中でつぶやいたとき、すっと次郎左の姿が消えた。

新兵衛は自分の住まいを知られてしまったなと、軽く後悔をしながら、ああいう手合いには関わり合いたくないと思う。世の中には自分の虫の居所次第で、相手構わず因縁をつける質《たち》の悪い者がいる。

浜野次郎左と名乗った男もその手合いかもしれないが、もし、そうであれば心を病んでいるのだと新兵衛は思う。

自分の家に入っても酔い心地がよくなかった。暴漢に襲われそうになっていたお末という女を助けたのに、とんぼ屋のお加代には、あの女には気をつけろと、めずらしく説教がましいことをいわれた。

その帰りには浜野次郎左に喧嘩を売られ、危うく斬られそうになった。

(くそ、せっかくの酒が台無しではないか……)

そう思う新兵衛は、瓢簞徳利《ひょうたんとっくり》を引きよせて欠け茶碗《ちゃわん》になみなみと注《つ》いだ。透明な酒が行灯《あんどん》のあかりに染められる。それを口にして、もう一度瓢簞徳利を手にした。軽い。もういくらも入っていない。仕入れなければならないが、このところ手許《てもと》不如意である。

（これはちょっと困ったな……）

新兵衛は深刻な顔で宙の一点を見つめた。これといって定職のない浪人である。考えてみれば、よくここまで食いつないできたものだと思わずにはいられない。

同輩の粗相がもとで大番組を解かれ、浪人身分に落ちてしまったが、二進《にっち》も三進《さっち》もいかなくなり、今日の飯にも困ったなどということはない。運良く暮らしに困らぬ程度の稼ぎ口がどこからともなく転がり込んできて、何とか糊口《ここう》をしのいできた。

その一番の稼ぎは、この界隈《かいわい》を縄張りにしている岡っ引き・伝七《でんしち》の手伝いだった。伝七は岡部久兵衛《おかべきゅうべえ》という北町《きたまち》奉行所の定町廻《じょうまちまわ》り同心の手先仕事をしているが、新兵衛はその伝七の助をして些少《さしょう》の金をもらっていた。

しかし、いま新兵衛は窮している。手許にいくらあるのだろうかと、財布をひっくり返してみて、眉《まゆ》を曇らせた。

（これは、いかん）

うむとうなって、腕組みをした。入り込んでくる隙間風が、破れ障子をカサカサと音をさせて揺らし、重ねてあった塵紙《ちりがみ》をめくりあげた。

稼ぎを考えなければならないが、このところ伝七は忙しくないのか、それとも用がないのか顔を見せない。困った事件があるとすぐにやってくるのだが……。

「なんとかしなければならぬなァ」

つぶやきを漏らした新兵衛の頭には、もうさっきの浜野次郎左のことも、末のこともなかった。これはいよいよ稼ぎを考えなければならないのかと思うのであった。

二
「まだ、文句をいうやつがいると申すか……」

扇子を閉じて「うむ」とうなった角田省右衛門《かくたしようえもん》は、しばし宙に視線を泳がせた。

「町人の分際で、何とも強情なもので……。いっそのこと斬り捨ててやろうかと腹も立ちます」

畏《かしこ》まっている浜野次郎左は角田をまっすぐ見た。齢五十になるという男で、髷《まげ》に霜を散らせていて、小鬢《こびん》は真っ白だった。でんと座った団子鼻が特徴的だ。百俵十人扶持《ぶち》の普請下奉行だった。

「強情なのは何人ほどいる？」

角田は次郎左に目を向けなおした。

「五、六人といったところでしょうか……。寺のほうは殿さまのはからいで、無事に騒ぎは収まっていますが、どうにも町屋の者らがうるさいのです」

「どこから苦情がきているか、それはおおよそわかっている。おぬしにも申しつけてあるはずだ。こんなことにはあまり手間取りたくないのだ」

「それは重々……」

「わかっておるなら、さっさと抑えつけるのだ。強情な者が五、六人いると申したが、話がわからぬなら他のことを考える。とにかくもう一度行ってこい。おぬしに頼んでからもう十日もたっているのだ。それとも人手が足りぬとでも申すか。それならそれで人を増やしてもよい」

「いや、それは……」

せっかく見つけた稼ぎ仕事である。他の者に横取りされたくないから次郎左は尻《しり》を浮かして慌てた。

「おぬし一人ではだんだん心許なくなってきた。誰をつけろとはいわぬから、おぬしの使いやすい人間を使って手伝ってもらえ。よいな」

「……承知しました」

不承不承ではあるが、次郎左はうなずくしかなかった。

「五日あれば十分であろう。五日で片づけるのだ。よいな」

「はい」

「では、行け」

次郎左は目の前にある金子を受け取って座敷を出た。

廻り廊下を歩きながら、秋の日射しを受ける庭を眺めた。熟した柿をついばみに来ている鵯《ひよどり》や目白がさえずっていた。

（五日で……）

胸の内でつぶやく次郎左は、苦々しそうに顔をしかめた。強引なことはやるな、刀を使って脅してもいかぬといいつけられている。

下谷七軒町《しちけんちょう》にある角田家の屋敷を出た次郎左は、落ち葉の散った路地を拾いながら、浅草に向かった。大名屋敷を抜け、浅草阿部川町《あべかわちょう》を素通りし、新堀川をわたった。

角田に不機嫌そうな顔で命じられたことが癪《しゃく》に障っていた。人を見下した目つきも腹に立つ。それでもせっかくありついた仕事である。ここで短気を起こせば、また元の苦しい暮らしに戻ることになる。

角田省右衛門は普請下奉行であるが、普請奉行への出世がかなう人物だという。普請奉行になれば、さらに上の役職に就くらしい。いや、そこまで出世せずとも、普請奉行ともなれば役高千石の大旗本である。

戦国の世なら軽輩であっても武勲をあげて出世もできたろうが、いまは力のある者のそばに仕えるのが、賢い生き方である。次郎左はそのことを思い知っているからこそ、角田に嫌われてはならないと思っている。

角田が出世すれば、それなりに待遇もよくなるはずだ。何となじられようが、与えられた仕事をまずやり遂げるのが肝要だと、さっきまであった苛立《いらだ》ちを抑えた。

いつになく暖かな日であった。次郎左はまっすぐ日本堤《にほんづつみ》に行くつもりだったが、小腹が空いていたので、飯を食っていこうと思った。腹が減っていては満足な仕事もできない。それに、支度金を増やしてもらったので懐の心配はいらなかった。

どこで食べようかと思ったとき、昨夜、曾路里新兵衛のはいった店を思いだした。居酒屋だから昼間はやっていないかもしれないと思いつつ足を進めると、暖簾《のれん》があげられている。「とんぼ屋」と染め抜かれた暖簾が、気持ちよさそうに風にそよいでいた。看板には「めし　酒」と書いてある。

(昼間もやっているのか……)

悪戯《いたずら》心がわき、どんな店であろうか試しに入ってみようと思った。それに、昨夜見かけた女将《おかみ》はどことなく色っぽかった。もっとも夜のことだし、よくよく見たわけではないから薹《とう》の立った婆《ばばあ》かもしれないが……。

「いらっしゃいませ」

暖簾をくぐって入ると、板場から前垂れで手を拭《ふ》きながら昨夜の女が出てきた。客は誰もいない。

「どうぞ。今開けたばかりなのです。お侍さんが口開けですから縁起がよいですわ」

「よいか」

女は愛想がいい。三十路を越しているであろう大年増だが、色白で目鼻立ちの整った女だ。

次郎左は店のなかをぐるりと眺めてから、

「そなたが女将か？」

と、訊《たず》ねた。

「はい、女の細腕で切り盛りしているんでございます。何にいたしましょうか？」

「魚を焼いてもらおう。それに飯と、みそ汁をつけてくれれば十分だ」

店は四坪半ほどだ。土間席の他に狭い小上がりがある。二階は住まいだろうかと、奥の階段を窺《うかが》った。

格子窓からうららかな日射しが土間に条《すじ》を作っている。客がいないのは、昼には少し早い時間だからだろう。

やがて秋刀魚《さんま》の塩焼きと飯とみそ汁が運ばれてきた。秋刀魚には真っ白い大根おろしが添えられていた。朝はさらっと茶漬けをかき込んだだけなので、食が進んだ。茄子《なす》の漬物をかじり、秋刀魚の身をほじる。湯気の立つみそ汁の具は、豆腐と細く切った薄揚げだった。

「夜もやっているのだな」

飯を食いながら板場で仕事をしている女将に訊ねた。

「はい、やっております。どうかご贔屓《ひいき》にお願いいたします」

愛想よく応じた女将が、入口に目を向けたので、次郎左もそっちを見た。と、暖簾を撥《は》ねあげて入ってきた男と目があった。次郎左は動かしていた口を止め、飯碗《わん》を飯台に置いた。

三

新兵衛は土間席にいる客を見て、一瞬、息を呑《の》んだ。だが、すぐに視線をそらして、いつも自分の座る小上がりに腰を落ち着けた。

「今日はゆっくりですね」

お加代が板場から声をかけて、いますぐ持っていくという。何もいわずとも新兵衛のことを心得ているのがお加代だ。板場は客間が見通せるように四角い窓になっている。

新兵衛は酒が届くまでの間、窓の外を見ていた。飯を食っている浜野次郎左という男の視線を感じるが、だんまりを決め込んだ。それにしてもなぜ、この店に来たのだと思う。

（おれを待っていたのか……）

だったら面倒である。お加代に絡みでもしたら、今日は昨夜のようにおとなしく引っ込んではいられない。

「はい、お待たせ。何かつけますか？」

酒を持ってきたお加代が訊ねる。

「茄子の漬物でももらおう。それからあとで軽く飯を食う」

「ではすぐに」

「おっと待ってくれ」

新兵衛はすぐに呼び止めて、お加代に顔を寄せ、

「晦日《みそか》まで払いを待ってくれぬか。少々難儀しておってな」

と、次郎左に聞こえないように耳打ちした。

「しょうがない人ね。はいはい、わかりましたよ」

気軽に応じたお加代が板場に戻りかけたときだった。どんと、物を打ちつける音がして、

「おい、客の前でこそこそと耳打ちなどしおって」

と、次郎左が声を荒らげた。

みそ汁の入った椀から、豆腐と薄揚げが手許《てもと》に散っていた。

「あら」

お加代が目をぱちくりさせる。

「おれの悪口でもいったのか。気分の悪いことをしおって……曾路里といったな」

次郎左は新兵衛をにらみつけてきた。

「お知り合いだったの？」

突然のことに驚いているお加代が不思議そうな顔をしたが、新兵衛も次郎左も彼女を見てはいなかった。

「おぬしのことをいったのではない。おれは払いを待ってくれといったまでだ。朝っぱらからそう目くじらを立てるな」

新兵衛は正直なことをいって、ぐびっと酒を飲んだ。

「なにを、目くじらを立てるな、だと」

次郎左は腰掛けを蹴《け》るようにして立ちあがると、脇に置いていた差料《さしりょう》をがっとつかんだ。

新兵衛はあきれたように、首を左右に振ってため息をつく。

「虫の居所が悪かったのなら謝る。このとおりだ。おぬしのことをとやかくいうつもりはない。おれは静かに酒を飲んで、これから先のことを考えたいのだ」

「お侍さん、ほんとうですよ。この人はあなたのことをいったのではありません」

次郎左は取りなすようにいうお加代を一瞥《いちべつ》しただけで、また新兵衛をにらんだ。

「せっかくの飯がまずくなった。女将、お代はここに置いておく。おい曾路里、きさまはいよいよもって気に食わぬやつだ。今日はなにかと忙しいから、黙って帰るが今度会ったらただではおかぬ。わかったか！」

次郎左は、ばんと、代金を飯台にたたきつけて店を出ていった。

束の間、居心地の悪い空気が店のなかに漂っていた。

「なによあの人。いきなり怒鳴ったりして……でも、新兵衛さんのお知り合いなの？」

お加代が次郎左のいた席を片づけながらいう。

「知り合いではない。だが、昨夜因縁をつけられたばかりだ」

「因縁を……なぜ、そんなことを？」

「それはおれにもわからぬ。だが、褒められるような男ではないな。関わらないのが一番だ」

「でも、新兵衛さんには今度会ったらただではおかないと……」

「いいたかったのだろう。おれは気にせぬよ」

新兵衛は酒を飲んだ。

「世の中にはいろんな人がいますね」

お加代はあきれたようにいって、片づけ物を板場に運んでいった。新兵衛は酒に口をつけながら、あの男はこの近くに住んでいるのだろうかと考えた。もし、そうであれば厄介だ。虚勢を張っているだけならいいが、昨夜のように斬りつけられてはかなわない。しばらくは注意しなければならない。

しかし、二合の酒を飲みほすころには、もうそのことは頭の隅で消えそうになっており、今日は伝七に会わなければならない、家にいなければ捜さなければならないという思いに駆られた。面と向かって助働きの仕事がないかとはいえないが、それとなく様子を窺っておきたかった。

こんな思いをするのなら、本所《ほんじょ》の道場に雇われておけばよかったと思いもする。数ヵ月前、本所の道場から師範代になってくれという誘いがあったが、あっさり断っていた。いまさら、気が変わったので雇ってくれなどとはいえない。

（ふむ……）

やはり、頼みは伝七しかないかと、小さなため息をつく。

早めの昼飯だといって、近所の職人がやってきたので、新兵衛は入れ替わるようにとんぼ屋を出た。そのまま伝七の家に足を向ける。町内の知り合いが気安く声をかけてくれば、気安く応じて歩く。どの店にも暖簾《のれん》がかかっており、商売に精を出している。町屋の向こうには抜けるような青空が広がっていて、数羽の鳶《とんび》がのどかに舞っている。

伝七は田原町三丁目のへっつい横町に家がある。とんぼ屋から二町ほどのところだ。伝七がいなければ、煙草屋をまかせられている女房のおきんが行き先を知っているはずだ。

その横町に曲がりかけたとき、「おい」と背後から声がかかった。

振り返った新兵衛は、またかと思った。さっきとんぼ屋を出ていったばかりの浜野次郎左が立っていたのだ。

「今度はなんだ。いい加減にしてくれぬか」

「きさま、まだ酔ってはおらぬな」

「酒の二合ぐらいでは酔わぬ。素面《しらふ》よりよほどしっかりしている」

「ならば、なおいい。おれは急ぎの用があるが、その前にきさまの腕を試しておきたい。ついてこい」

次郎左は有無をいわせぬ表情で、顎《あご》をしゃくった。

「浜野といったな。おれにはその気はない。喧嘩《けんか》をしたければ他をあたることだ」

新兵衛は取りあわないで行こうとしたが、すぐに腕をつかまれた。力強い手であった。これにはさすがの新兵衛も、ムッとなった。

「力ずくでも相手をさせようと申すか」

「いやならここでやってもいい」

次郎左は本気の目をしていた。新兵衛は構いたくなかったが、ここで逃げればいつまでもしつこくつきまとうだろうと思った。

「よかろう」

四

二人は真宗大谷派《しんしゅうおおたには》の別院である浅草本願寺《ほんがんじ》本堂の裏で向かい合った。本堂の脇は墓地であり、背後は鬱蒼《うっそう》とした竹林だった。地面には枯れた篠《ささ》の葉が、敷き詰められたように散っていた。

「浜野といったな。ひとつ訊《たず》ねたいことがある」

「なんだ」

次郎左はすでに気色ばんだ目をしていた。

「なにゆえ、おれにしつこくからむ」

「気に食わぬからだ。若い侍を相手に、知ったふうな口を利いたかと思えば、おれを小馬鹿にしくさって……」

次郎左はざっと、足を広げて刀を抜いた。

竹林の木漏れ日が刀身をきらめかせた。本堂から坊主たちの勤行の声が聞こえ、ときどきチーンと鉦《かね》が鳴り、木魚の音が重なる。

「小馬鹿になどしておらぬ。だが、きさまがそうまでいうなら気がすむまで相手をしよう」

新兵衛は、はっと掌《てのひら》に息を吐きかけると、ゆっくり刀を抜いた。そのまま右下段の構えに入り、腰をわずかに落とした。

次郎左が足を交叉《こうさ》させながら間合いを詰めてくる。八相の構えだ。新兵衛はゆっくり息を吐き、そして息を吸った。酒二合を飲んでいるが、まったくの素面といってよかった。

さらに次郎左が間合いを詰めてきた。新兵衛は動かない。左脇をあけた構えは、相手を誘う構えである。

間合い二間で、次郎左が地を蹴って上段から撃ち込んできた。新兵衛は半身をひねってかわし、青眼《せいがん》に構えなおした。刹那《せつな》、右面を狙って次郎左が鋭い斬撃《ざんげき》を送り込んできたが、新兵衛は軽くいなすように払いのけた。

次郎左の顔色が変わった。口が悔しそうにねじ曲げられる。しかし、目には凶暴な光を宿したままだ。新兵衛は泰然自若と青眼の構えに戻った。

対する次郎左は早くも額に汗を浮かべて、右にまわりはじめた。新兵衛は剣尖《けんせん》を次郎左の喉元《のどもと》に定めたまま、その場で相手の動きにあわせる。

次郎左がせっかちに動く独楽鼠《こま》なら、新兵衛は静かに獲物を待ち受ける蜘蛛《くも》であろうか。あるいは強風にあおられる柳と、風のない夕暮れに垂れている柳ともいえた。いずれにしろ新兵衛は自ら仕掛けようとはしなかった。

「ぬぬッ……」

二度も軽くあしらわれた次郎左に焦りの色が見える。新兵衛は醒《さ》めきった目でその動きを見るだけである。すでに相手の力量がいかほどであるかわかっていた。

風が吹き抜け、背後の竹林が騒いだ。地面をおおっていた枯れ葉がカサカサと音を立てて動いた。そのとき、次郎左が焦《じ》れたように撃ち込んできた。

新兵衛はとっさに前に出ると、次郎左の足を払い、ついで肘《ひじ》を喉元にたたきつけた。次郎左の体が一瞬宙に浮き、尻餅《しりもち》をつく恰好《かっこう》で倒れる。

新兵衛はすかさず膝《ひざ》を折って、次郎左の首筋にぴたりと刃を突きつけた。

「…………」

次郎左はなにが起こったのかわからなかったらしく、呆気《あっけ》に取られたように目をまるくしていた。

「これまでだ」

新兵衛は静かにいい放つと、ゆっくり立ちあがって刀を鞘《さや》に納め、

「もう十分であろう。無用な斬り合いはごめんだ」

そういって、その場を離れた。

「待ってくれ」

悲痛な声で呼び止められた。「いや、待ってくだされ」と、すぐに口調が変えられた。新兵衛は振り返った。次郎左が両手をついて土下座をしていた。

「拙者が見くびっていた。申しわけもござらぬ。これ、このとおりでござる。ご勘弁くだされ」

その殊勝な態度に、新兵衛はにわかに目を細めた。

「拙者の無礼をどうかお許しいただきたい。曾路里殿に恨みがあったのでもなければ、喧嘩を売りたかったわけでもござらぬ。ただ、鬱々《うつうつ》とした自分が気に入らず、つい自棄《やけ》になっていたのでございまする」

新兵衛はゆっくりと、次郎左に向きなおった。

「おれは別になんとも思っておらぬ。これで気がすんだのであれば、それはそれでさいわいだ。では、ごめん」

「お待ちを、お待ちくだされ」

まだなにかあるのかと、新兵衛は小さく嘆息して立ち止まった。次郎左が慌てたようにやってきて、

「頼みがあります」

という。

最前まであった剣呑《けんのん》な目つきではなく、尊敬の念のまじった視線を送ってくる。

「頼みとは……」

「拙者はある仕事を請け負っております。それがうまいように進まず難渋しております。ついては曾路里さんにお手伝いいただけますまいか。いや、失礼千万なことかもしれませんが、最前曾路里さんはとんぼ屋で、払いを待ってくれと女将《おかみ》に頼んでおられました。仕事がおありなら失礼な頼みでしょうが、もしお手すきならばお付き合いいただけませんか」

「いったいそれはどんなことだ？」

「詳しくお話しいたしましょう」

浅草広小路《ひろこうじ》の茶店に場所を移して、新兵衛は次郎左の話を聞いていた。次郎左に対して、最初はひねくれ者で暗い性格の持ち主という印象があったが、そうでもないようだ。弁の立つ苦労人ではないかと思うようになった。たしかに拗《す》ねた一面は

あるが、それも隠さず話すところを見ると、案外に素直な男なのかもしれない。それに、新兵衛にからんだのも自分のなかに鬱屈《うっくつ》したものがあり、それが八つ当たりになってしまったと、あらためて謝りもする。

（こやつ、そう悪い男ではなさそうだ）

話を聞くうちに新兵衛はそう思うようになっていた。肝腎《かんじん》の頼み事であるが、これは少々厄介そうであったが、話は自分がするので、新兵衛はいざというときの後ろ盾になってくれという。

「すると、うるさく苦情をいってくる町人たちを納得させればよいということか……」

「つまるところそういうことでございます」

次郎左は荒っぽい口調も丁寧になっていた。

「しかし、それはどこから頂戴《ちょうだい》した仕事なのだ。聞けば水路の普請でごたついているようだからお上の仕事ではないか……」

「さようで。わたしにこの一件をまかせてくださっているのは、角田省右衛門という普請下奉行です。以前、わたしは角田家で世話になったことがあり、その縁で角田の殿さまが仕事をわけ振ってくださったのです」

「なるほど」

酒を飲んでいる新兵衛は、空になった盃《さかずき》につぎ足した。

「とにかく行って話を聞いてみないことにはわからぬが、それでいくらの礼金が出るのだ？」

気になっていることだった。

「角田の殿さまからは、うるさい町人を説き伏せるにあたり、飲み食いさせることもあるだろうからと、金五両をいただいております。残ったのがわたしどもの褒美金となります」

次郎左は金五両というが、実際はもっともらっているはずだと、新兵衛は推量した。だが、そのことはあえて穿鑿《せんさく》せず、

「おれは二分でも一分でもよい。五百文に負けろといわれると、困るが……」

そういってやると、次郎左は目をぱちくりさせて意外そうな顔をした。

「二分……とんでもありません、少なくとも二両はお渡しできましょう」

「ならば一両でよい。もっとも、それもうまくいっての話なのだな」

「さようです」

「では、まいるか」

「曾路里さん、あの、いつもこのように酒を……」

「うん。そうだな、日に二升飲むときもあるが、しばらくは一升で我慢しておこ

う」

「はあ……」

五

（ついにここまでやってきたか……）

平山宇兵衛は今戸橋《いまどばし》までやってきて足を止めた。滔々《とうとう》と水をたたえた大川《おおかわ》を眺める。向島《むこうじま》への渡し舟がその川を横切っていれば、白い帆を張った高瀬舟が下っている。棹《さお》と櫂《かい》をうまく使いながら上ってくる荷舟もある。

目を転じて山谷堀《さんやぼり》の上流を眺める。その先に吉原《よしわら》に通じる日本堤がある。参勤で江戸に在府していたおり、何度か通ったことがある。しかしもうそれは遠い昔のことのように思えた。ここまでやってくる間、何度となく故郷へ後ろ髪を引かれた。自らの手で斬った父親のことを思えば、胸が張り裂けんばかりの自責の念に駆られる。

（さぞや、父上は恨んでおられよう）

旅の途中で、父を斬ったことを正直に訴え、自らの命を断つべきではないかと、幾度も悩んだ。それが男らしく、武士らしいやり方ではないかと……。

反面、これまで恵まれない境遇だった自分の来し方を思えば、あまりにも世の中は理不尽で不平等だと思う。

一生に一度でいいから、心の底から生まれてきてよかったと思える瞬間を味わいたいと願う気持ちもある。出世など望めない身分ではあったが、いまは自由の身である。なにかとうるさい上役もいなければ、藩の決め事にしたがうこともない。

食うに食えなくなって領内に流れてくる者たちがいたが、いまは自分もあの者らと同じになってしまった。しかし、束縛されない自由の身になってみれば、目に見えなかった重いしこりが取れたような気がする。

両親にも藩にも申し訳ないという気持ちでいっぱいのくせに、あらゆるしがらみから解放されたという安堵《あんど》感もあった。

しかし、江戸にやってきたはいいが、どうやって食いつないでいけばいいのだろうかという不安も大きい。なんのあてもなければ、頼る人もない。

さらに懐にはもう幾ばくの金もなかった。二、三日は安宿で夜露をしのげるだろうが、その先はどうなるかわからない。橋の下や寺の床下にでももぐり込んでしまおうかと考えるが、日に日に寒さは厳しくなっている。凍え死にせずとも、食うに食えず飢え死にするかもしれない。

（そうはなりたくない）

宇兵衛はくっと口を引き結んで、今戸橋をわたった。浅草を素通りして両国《りょうごく》まで行ってみようか、それとも浅草界隈《かいわい》で仕事を見つけようかと考えもする。しかし、江戸も郷里と同じく厳しい世間の風に曝《さら》されていると聞く。諸国から流れてくる百姓や浪人も少なくないらしい。

（滅多に仕事は見つからぬかもしれぬ）

宇兵衛はいざとなれば、刀を捨てる気でいた。それは父を斬った刀である。もう武士にも刀にも未練はなかった。職人になってもいいとさえ思っていた。

しかし、そのツテがない。家を借りるには請人がいるが、そんな人もいないのだ。途方に暮れるとはこのことかと、そぞろ歩きながら胸の内でつぶやく。

袷《あわせ》の着物に羽織袴《はかま》姿だが、土埃《つちぼこり》と汗にまみれていた。草鞋《わらじ》はすり切れそうになっている。月代《さかやき》には毛が生え、髷《まげ》はぼさぼさだ。こんななりで繁華な浅草や両国に行けば、きっと白い目で見られる。そう気がつくと、足が進まなくなった。立ち止まってまわりを見まわした。

（そうだ、吉原……）

もう二度とあの大門《おおもん》をくぐることはないだろうが、土手の上から今生の別れとばかりに見ておこうと思った。きびすを返すと、日本堤に向かった。

すると、塞《ふさ》いでいた気持ちが急にはずんできた。花魁《おいらん》に会えるわけでもないが、あの華やかな吉原の夜が瞼《まぶた》の裏に浮かぶ。しかし、そんな浮ついた気持ちも束の間のことだった。

俗に土手八町《どてはっちょう》と呼ばれる日本堤に上ってすぐだった。乾いた道には松の並木と屋台店がぽつんぽつんと散見されるだけだ。遠くには筑波山《つくばさん》がかすんでいた。

こんな昼間に吉原に行ったところでなんの得があろうか……。それより、自分には決めなければならないことがある。

宇兵衛は土手を下りると、浅草田町《たまち》の町屋に入った。市中とちがい、このあたりはそうにぎやかではないが、それでも中小の店が軒をつらねている。

喉《のど》も渇いていたし腹も減っていた。茶店では満足なものは食えないだろうと思い、目についた煮売り屋に入った。

そこは土間席しかない小さな店だった。煤《すす》けた板壁のそこらじゅうに料理の短冊が貼ってあった。どれも安い。やる気のなさそうな色の黒い女中がやってきて、注文を聞いた。

宇兵衛は鯖《さば》のみそ漬けと飯と、漬物を頼んだ。客が隅の席に四人ほどいたが、とくに飲み食いをしている様子でもない。近所の町人のようだ。

宇兵衛は彼らには興味も示さず、これから先のことに思いをめぐらし、飯が届けられればそれをむさぼるように食べた。色の黒い店の女中が、それを見てあきれたような顔をしていた。

「お代わりしますか？」

と聞いてくる。

「いや、もうよい。十分だ」

宇兵衛は茶を飲んで煙草入れを出したが、もう刻みは入っていなかった。しかたなく懐に戻し、なんとはなしに窓の外を眺めた。条状《すじ》の雲が高いところに浮かんだ、秋の空が広がっている。

「今度はどう出てくるかわからないぞ。やつらは汚いからな」

そんな声が耳に届いたので、宇兵衛はそっちに目をやった。さっきから深刻な顔で話し込んでいる者たちだった。

「役人はいい加減だが、あれは質《たち》が悪い。訴えも出せないままでは、来年はどうなるかわからねえだろう」

「いやいや来年の騒ぎじゃないよ。これから春にかけて大雨が降るかもしれねえ。そうなったら、どうする」

「そうだそうだ。真冬にあの水路がぶっ壊れちまったら、大変なことになる」

男たちはそんなことを話していた。

「お侍さん、お勘定」

色の黒い女中がやってきた。宇兵衛はいわれるままに払った。安い飯だった。

「あの者らはなにを話してるんだ。さっきからずいぶんな熱の入れようだ」

それとなく聞くと、

「土手下の水路が今年の雨で壊れて、この辺が大変な目にあったんです。それなのにお上は誤魔化しの普請しかしてくれていないんです。また雨が降って壊れたら大変ですから、そんなことを……」

女中はそういって空いた器を下げていった。

そのとき、店に血相変えて入ってきた男がいた。

「おい、浜野って侍がまたやってきたぜ。七蔵《しちぞう》さんを呼んでこいっていってるんだ」

一人の男が立ちあがった。年は取っているが、身なりのよい商人風情である。これが七蔵だろうと、宇兵衛は見当をつけた。

「どこだ？」

「七蔵さんの家です」

七蔵は仲間を眺めてから、話してくるといった。他の者がおれもついて行くといったが、

「向こうもなにか考えがあるんだろう。それを聞いてくる。下手に事を荒立てて、

へそを曲げられてはかなわぬからな」

七蔵はそういいおいて、店を出ていった。みんな心配そうな顔で七蔵を見送っていた。

「なにやら困りごとのようだな」

宇兵衛は知らせに来た男に声をかけた。

「お上のやることがいい加減だから、みんなでどうにかしようってことになってるんです」

男は宇兵衛を品定めするように見てそういった。どう見ても、お上の使いとは思えないから正直にいったのだろう。

「いったいどういい加減なんだ?」

宇兵衛は気になって問い返した。

六

七蔵は浅草田町に四棟の長屋を持っている家主だった。浜野次郎左はその七蔵と話をしなければならないといっていた。新兵衛はおおよそのことを聞いて、話し合いに立ち合うだけでよかった。

「町人といってもこのごろは隅に置けません。人数を頼みにして乱暴をはたらくかもしれませんから、そのときはよろしくお願いします」

次郎左は新兵衛にそういっていた。要するに、用心棒役ということである。新兵衛はあまり気乗りしなかったが、生計《たつき》がままならなくなっている手前、暇つぶしのつもりで付き合うことにしていた。

奥につづく土間の上がり框《がまち》で待っていると、七蔵がやってきた。

「これはお待たせをいたしました。どうぞ、おあがりになってくださいませ」

物腰やわらかくいう七蔵は、新兵衛と次郎左を見てそう勧めた。

「今日はお二人でございますか」

先に座敷にあがった七蔵が、新兵衛をあらためて見ていう。

「話次第ではもっと人を増やすかもしれぬ」

次郎左が座敷にあがりながらいう。半分脅しだなと思う新兵衛は、框で待つことにした。七蔵の女房が茶のお代わりを持ってきて、すぐ奥に下がった。

「それでいかようなことになっているんでございましょうか。町の者はまた水が出たら、夏のようなことになるのではないかと、気を揉《も》んでおります」

七蔵が先に話をうながした。

「そのことはよくわかっておる。お上も頭を悩ませておられるのだ。普請が心許《こころもと》ないと申すが、普請方の仕事に手抜きはない。それなのに、やいのやいのといってこられてはかなわぬ。急いでやらなければならぬ普請場は他にもあるのだ」

次郎左は茶をすすっていう。

「そのことは何度も伺っておりますが、冬だからといって大雨が降らないともかぎりません。また雪が降れば解けたときに、また水路が壊れてしまうのではないかと心配する者もおります。それに刻《とき》の過ぎるのは早く、春はすぐにやってきます。このまま延ばし延ばしになっているうちに大雨にたたられたら……」

「わかっておる。だから改めての普請をしたのではないか」

次郎左は遮っていう。

「しかし、あれでは心許ないのです。堰《せき》を作っただけですから、水はすぐにあふれます。間に合わせの普請ではなく、ちゃんとした普請をしてもらわなければなりません。それに小橋は町内の者でなけなしの金を出しあって、間に合わせの竹橋を架けてあるんでございます」

「それもいずれちゃんと作りかえることになっている。七蔵、わたしもおまえらのことはよくわかっておるつもりだ。ここは互いに歩み寄るべきではないか。何もしないといっているのではない」

「それはそうでしょうが、せめて年を越さないうちに、手をつけていただきたいんでございます。そう申しあげていただけないでしょうか」

黙って聞いている新兵衛は、これでは互いの意見のいいあいでしかないと感じた。どっちがどうというのではない。普請下奉行の使いになっている次郎左は、お上のいい分をいい、七蔵は町の者たちのいい分をいうだけである。

話はしばらく平行線を辿《たど》ったが、次郎左の顔つきが徐々に変わっていった。対する七蔵も顔をこわばらせて話をする。もっといいたいことがあるようだが、必死に抑えているようだ。

「七蔵、それでは訊《たず》ねるが、もしあの堰が雨で溢《あふ》れたとしたら、いかほどの被害があると申すか？」

業を煮やしたような顔で次郎左がいう。

「それは、実際に起きてみなければわかりませんが、少なくとも一丁目の東と山川《やまかわ》町《ちょう》の北側にそれ相応の水害が出ると思われます」

「思われる……。ふむ、それはたしかなことではない。起きてみなければわからぬことだ。何も起こらぬかもしれぬ」

「それはそうでしょうが、万が一ということもあります。町の者たちはそのことをひどく心配しているから申し上げているんでございます」

「心配心配と申すが、おぬしが至らぬことを触れまわっているのではあるまいな。

もし、そういうことであればただではすまされぬぞ」

次郎左はぬるくなった茶をずるっと音を立てて飲む。かたや興奮して朱に染まった七蔵の顔から、血の気が引いていった。

「何度も申すが、普請方はやることをやっておる。そして、いずれきちんと普請のやり直しをするといっているのだ。これ以上お上に盾突くようなことを申したら、普請どころではない。お上に意見する不届き者としてそれ相応の処罰を受けることになるやもしれぬ。そうなったら困るであろう」

「それは……」

「一日待ってやる。苦情を申しているのは多くないはずだ。その者たちを説き伏せておとなしくさせるのだ。よいな、わかったな」

七蔵は額に浮いた汗をぬぐって、しぶしぶ承諾したが、

「それではあらためての普請はいつやっていただけるのでしょうか。それがいつであるかはっきり教えていただけませんでしょうか？」

と、平身低頭して次郎左を窺《うかが》うように見た。

「遠い先ではない。近いうちだ。なにしろ普請場は市中のあちこちにあるのだ。困っているのはここだけではない。いまはいつだとはっきりとした期日をいうことはできぬ。わかっておろうが、普請仕事は天気次第で早くもなれば遅くもなる。ここ

で無責任なことはいえぬのだ」

そばで聞いている新兵衛は、なるほどそうであると納得するが、苦しい立場にある七蔵にも同情する。そもそも新兵衛は幕臣身分であったから、幕府のやり方をある程度知っている。まずは問題の大きいところから片づけていくのが基本である。さらに将軍家やお城周辺の工事が優先される。つぎが幕府重職にある譜代大名家に関わる普請、つぎがご親藩、そして外様《とざま》という順序がある。

町人から上がってきた訴えを蔑《ないがし》ろにするわけではないが、やはり後まわしということが多い。聞いていれば、幕府は浅草田町が水害にあったあと、すぐに改善策を取っている。七蔵らはそれを不十分だとして、再度の普請を求め、普請奉行はそれに応《こた》えている。それも気に入らぬというのであれば、やはりこれは問題である。

かといって、七蔵の苦衷もわからぬではない。もちろん、次郎左の請け負った役目も理解できるのである。

「聞いていれば大変な役目であるな。もっと簡単なことだと、おれは侮っていた」

七蔵の家をあとにしながら新兵衛はいった。

「何かとけちをつけて強情を張る者がいるんです。うまく説得するのがわたしの役目ですが、なかなか思うようにはまいりません」

次郎左はくたびれた顔で愚痴るようにいう。

「それにしてもこういう折衝は、普請方の役目ではないか。それなのに、普請下奉行は幕臣でもないおまえにまかせている」

「他の普請方も手がいっぱいなんでしょう」

そういうものかと思う新兵衛は、大番組の同心であった。幕府の職制は多くて複雑である。それを軽輩の同心が知悉《ちしつ》しているわけではない。よって、普請方がどのような組織なのかよくわかっていなかった。

「しかしながら明後日《あさって》には、あの七蔵の首を縦に振らせないと、金にはなりません」

「振らなかったらどうする?」

新兵衛は歩きながら次郎左を見る。

「腕ずくでも縦に振らせるしかないでしょう」

「腕ずくか……」

つぶやいた新兵衛は遠くの空を眺めた。

七

飯屋で話を聞いた若い男は、幸吉《こうきち》という飾り職人だった。浅草田町の長屋に住む居職《いじょく》で、今回の問題に関して家主の使い走り的なことをしていた。

また宇兵衛は幸吉だけでなく、他の者たちからも話を聞いていた。国許《くにもと》で作事方にいた宇兵衛は、水路の普請がいかほどのものかよくわかっている。それで興味を持ち、

「少なからず、おれにもわかるはずだ」

そういって、幕府普請方が夏の水害で決壊した水路を普請した場所を見せてもらった。誰もが訝《いぶか》しげな顔をしていたが、

「これはひどい」

といった一言で、

「お侍さまにもおわかりですか」

と、みんなが目を輝かせた。

「ずさんだ。これは単に上辺だけ繕ったに過ぎぬ。普請費用が足りなかったのか、それとも仕事を請け負った人足らが怠けたのかわからぬが、いい加減だ。そもそも石積みが足りぬし、棒杭《ぼうぐい》も頼りない。改め普請で堰を作っているが、あれは役に立たぬ。水が出たら堰を開けても、その下の町屋に水は溢れるであろう」

もっともらしいことをいう宇兵衛に、みんなは知恵を貸してくれといった。

問題の水路は、日本堤の下を流れている。山谷堀と反対側を、吉原から浅草田町

の北側を南北に流れ、浅草山川町の先で山谷堀に合流している。

　この水路が決壊したのは、夏の大雨が原因だった。町役がすぐに訴えて普請願いを出したが、その間にも雨が降って、再び浅草田町と山川町に被害が出た。床下浸水は軽いほうで、三十数棟の長屋と商家が床上浸水をし、なかには倒壊した家屋もあった。

　それを重く見た幕府普請方が工事に入ったのは、秋に入ってからのことだった。被害にあった者たちはそれで胸をなで下ろしたが、秋の長雨と台風によって、また被害が出た。もっとも、このときの被害は夏ほどではなく、七軒の表店《おもてだな》と三棟の裏店の床下に水が広がった程度であった。

　しかし、被害が少ないからといって安心もできず、軽視もできない。今度ひどい雨が来たら、弱っている水路がまた決壊するかもしれない。そのことを不安視した町の有志らが相談のうえ、幕府普請方に再度の工事を願い出ていたのだった。

　しかしながら、普請方からの返事は遅く、それもいずれそのうちというだけで、いつやってくれるかわからないという。いっそのこと町費でまかなおうかという話も出たが、そんな予算はなかったし、また公許を得ずに勝手に工事をすることもできない。

「そんなわけで、お上にお願いするしかないんでございます」

と、五人組の頭をしている七蔵という大家がいう。

「平山さまは旅のお方だとお察しいたしますが、力になっていただけませんか。わたしら町人にはよくわからないこともあります」

浅草田町の五人組の一人、彦太郎《ひこたろう》という駕籠《かご》屋の主《あるじ》も宇兵衛に頭を下げる。

そこまで頼みにされてはいやといえないのが宇兵衛である。それにこれといってやることもないし、困っている者たちの味方になってやるのも人の道だろうと思う。

（だが、相手は幕府だ）

心中でつぶやく宇兵衛は腕組みをして考えた。

そこは七蔵の家で、宇兵衛を真ん中にして寄り集まっているのだった。思案をめぐらしていた宇兵衛だが、どうせ国を捨てた流浪の身。長生きをしようとは思っていない。死ぬ前に困っている者たちのために一働きしても罰はあたらぬだろう。万が一囚《とら》われの身になり処罰されるようなことになっても、それも父親殺しの天罰であろうと腹をくくった。

「よし、一肌脱いでやろう。拙者は明かすことはできぬが、とある大名家の家臣で所用があって江戸に来ているだけだ。多少の道草をしてもかまわぬ身の上。それに、拙者は国許では作事方にいたので、先ほど見た水路普請のことはよくわかる」

「では、味方になっていただけますね」

七蔵が身を乗りだして頼み込む。

「どこまでできるかわからぬが、知恵を貸すことはできるはずだ」

「みんな聞いたか、平山さまが加勢してくださるそうだ」

七蔵が目を輝かせて仲間を眺めると、仲間も頼もしげに宇兵衛を見た。

「そこでひとつ頼みがある。こうなったからには、しばらくこの町に留《とど》まることになるが、どこか安い宿はないか。当藩もなかなか大変で満足な路銀を預かっていないのだ」

宇兵衛は頭をはたらかせて、適当ないいわけをした。

「それでしたらわたしの長屋に空いている家があります。何分窮屈ではございましょうが、平山さまがかまわないとおっしゃるのであれば、今夜からお泊まりください」

七蔵がいうと、駕籠屋の彦太郎も口を添えた。

「布団や食い物の心配はいりません。わしらがみんな揃えますんで、どうかお願いいたします」

他の者たちもお願いしますと頭を下げた。

あとに引けなくなった宇兵衛だが、ただで夜露をしのげ、食い物も用意してくれるというからには、真剣に力になってやるしかない。

その日の夕暮れ、宇兵衛は七蔵が管理をしている長屋の一部屋に入った。すぐさま夜具が運び込まれ、にぎり飯などの食べ物の他に酒の差し入れなどもあった。

九尺二間の長屋の一軒である。国許では下士とはいえ、狭いながらの土地があり、屋敷もあった。こういう家に住むのは、参勤で江戸藩邸に在府したときに入った、藩邸内の長屋以来である。だからといって文句をいうつもりもないし、満足であった。

「今夜は差配（大家）の家で、顔見せということでささやかな宴《うたげ》をやるということです。遠慮はいりませんのでどうぞおいでになってください。五人組の他にも町の者が、是非とも挨拶《あいさつ》をしたいと申しております」

行灯《あんどん》といっしょに雪駄《せった》を持ってきた彦太郎が、腰を低くしていう。考えてみれば、他人からこのようなもてなしを受けたことはなかった。宇兵衛はそのことにわずかながらの満足を覚えていた。それゆえに、ますます力になってやろうと思う。

「何刻ごろ行けばよい？」

「へえ、六つ（午後六時）になればもう暗くなります。その時分においでくだされぱよいでしょう」

「相わかった」

一人になった宇兵衛は、短い仮の住まいを眺めた。これからは当分このような侘《わ》びしい長屋暮らしをすることになるのかもしれぬ。

しかし、某藩の使者であるといったことを、いまになって後悔した。もっと他にいいようがあったはずだ。そうすれば、今回の件がうまくいった暁に、家主の七蔵に相談して請人になってもらえたかもしれない。もしくは、この長屋を貸してくれるかもしれない。

(あれはしくじったな……)

心中でつぶやきを漏らすが、問題が片づいたあとで、正直に打ち明けて相談できるかもしれないと、虫のよい考えをした。

土間に射し込んでいた日の光が消え、夕日に染められていた腰高障子が暗くなると、宇兵衛は支度にかかった。二日ぶりに月代《さかやき》を剃《そ》り、髷《まげ》を整えた。着ていた羽織は垢《あか》にまみれていたので、土埃《つちぼこり》を落とした小袖《こそで》を着流しただけで出かけた。

それだけでもう江戸の人間になった気がした。悪くないと思う。それに人の役に立つことを、これからするのだという説明のつかない希望が胸の内にあった。他人に命じられて、気の進まないままやるのではない。自分の意思でやるのだ。宇兵衛はわずかながらの生き甲斐《がい》も感じていた。これが本来の人のあるべき姿ではないかとさえ思う。

日が落ちると急に冷え込んでくるので、七蔵の家の戸は閉まっていた。だが、家のなかからにぎやかな人の声が漏れ聞こえる。

「邪魔をいたす」

訪《おとな》いの声をかけて、腰高障子を開けると、七蔵が腰を低くして、

「さあ、みんな待っております。どうぞ、どうぞ上座のお席へ」

と、案内してくれた。

昼間会った者もいれば、初めて会う者もいた。誰もが期待に満ちた眼差《まなざ》しを宇兵衛に向けた。座敷には高脚膳《ぜん》が並べられ、ささやかな料理と酒が調えられていた。

「では、はじめたいと思うが、こちらにいらっしゃるのが、此度《こたび》わしらの力になってくださる平山宇兵衛さまである。平山さまは……」

七蔵が紹介をはじめたとき、表戸が勢いよく引き開けられ、

「大変です！」

と、飛び込んできた者がいた。座敷にいた者たちは一斉にその男を見た。

「なんだなんだ血相変えて、また狐の幽霊でも出たっていうんじゃないだろうな。平山さま、こいつは常助《つねすけ》と申しまして町のお騒がせ者なんです」

彦太郎が茶化すようにいうと、座敷にいた者たちが一斉に笑い声をあげた。だが、やってきた常助は至極真顔で、上がり框《がまち》に手をつき、

「笑ってる場合じゃないですよ。幸吉さんが殺されたんです」

といった。
笑いは潮が引くように消え、みんなの顔がこわばった。

第三章　職人殺し

一

「駄々をこねているのは田町の五人組です。その頭が大家の七蔵でしてね。角田の殿さまも手を焼いているのですよ」

次郎左はそういってお加代手製の椎茸《しいたけ》の煮しめをつまみ、酒を飲む。

新兵衛は次郎左と二人で、とんぼ屋の小上がりにいるのだった。土間席では顔なじみの職人たちが勝手に酒を飲んでは、お加代をからかっている。

「ひとつ聞いてよいか」

新兵衛は猪口《ちょこ》を折敷《おしき》に置いて、次郎左をあらためるように見た。次郎左はあまり顔色がよくない、暗い目つきをしている。しかしながら、小袖や羽織・袴《はかま》はよれてもおらず、古着でもない。あせた木綿の袷《あわせ》を着ている新兵衛とは見かけが違う。月代もきちんと剃っており、髷もきちんと結っている。

普請方の使者となっているのだから、それだけ気を遣っているのであろうが、金に窮しているようには見えない。

「おぬしは角田の殿さまに雇われているというが、それは一時のことだな。以前は角田家に仕えていたといったが、普段は何をしておるのだ？」

「何って……たいしたことはやっておりませんよ。知り合いの仕事を手伝ったり、困りごとの相談を受けて謝礼をもらったりと……。曾路里さんと同じようなものです」

「さようか……」

新兵衛はあまり穿鑿《せんさく》しては悪いと思い、独酌をして猪口を口に運んだ。

「それにしても拙者も曾路里さんも浮き草稼業でございますね」

「仕官するとか、どこぞの殿さまの屋敷に仕えるとか、そんなことは考えておらぬのか」

「もうそんな気はありません。それにしても、この肴《さかな》はいけますよ」

次郎左は椎茸の煮しめが盛られた皿を、新兵衛の膝許《ひざもと》に押しやった。酒を飲むときはあまり物を食べない新兵衛であるが、つまんでみた。

酒と砂糖と醤油《しょうゆ》だけで煮立てられた料理だが、芯《しん》まで味がしみ込んでおり、椎茸特有の風味と香りが活《い》きている。甘すぎずしょっぱすぎずと、しっかりした味が、口中に広がるのだ。歯触りはやわらかく、椎茸の野趣がなんともいえない。

「うむ、うまい」

新兵衛は思わずうなったほどである。

「それで、曾路里さんは、これからもいまの暮らしで……」

次郎左が興味津々の目を向けてくる。

「それはどうなるかわからぬ。天のみぞ知るといったところだ。もっとも何とかしなければならぬと思ってはいるが、朝から晩まで酒を飲んでいる体たらくだから、雇ってくれるところもなかろう。よほど奇特な人がいれば何とかなろうが、そんなことを望んでも詮無いことだからな」

新兵衛は口ではそういうが、いよいよこれはどうにかしなければならないと、心中に焦りがあった。

「お気楽な方だ。しかし、剣の腕がおありなのです。それを活かしたらいかがです」

「所詮、おれの腕などなまくらだ」

「おっと、そういわれてしまえば拙者の立つ瀬がありません」

いや、これはまいったと、次郎左はくすくすと笑った。

「変な人たちね」

割り込んできたのはお加代だった。二人に酌をしてやり、

「昨日喧嘩《けんか》していたと思ったら、今夜は仲良く差しつ差されつ……」

と、あきれたような顔をする。客の勧める酒を断る女ではないので、頬がうっすらと桃色に染まっていた。

「いがみ合っているより仲のよいほうがいいだろう。みんなそうすれば、世の中平和になるというものだ」

新兵衛がいえば、

「それじゃわたしもその平和にあやかるために……浜野さん、ちょっといただけますか」

と、なんとも色っぽい目つきで、次郎左に酌をねだる。

「器量よしの女将《おかみ》にいわれては断るわけにはまいりません。ささ、どうぞ」

「あら、器量よしだなんて……。でも、人ってわからないものですね」

「は……」

「正直に申しますと、浜野さんにはもう二度とこの店の敷居はまたがせないと決めていたのですよ」

「これはまたきついことをはっきりと……」

「笑って誤魔化してもだめです。新兵衛さんがこうやって連れてくださったから、許したのですからね。昨夜の態度はほんと気分を悪くしたのですよ。他の店であんな無礼は今後一切やってはなりませんよ」

「……こりゃあ、まいったな」

次郎左はハハハと笑い、恥ずかしそうに後頭部をかいた。衣着せぬことをぽんぽんというのがお加代である。

「それでもわたしは浜野さんのこと、すっかり信用しているわけではありませんからね。そのこと肝に銘じていてもらいたいわ」

「はあ……」

やり込められている次郎左は、救いを求めるような目を新兵衛に寄こした。

「人というのは得体の知れない生き物ですから、その人の腹の内が見えないうちは、なかなか心を許せないではありませんか」

「すると拙者は、女将の信用を得るには、もっとこの店に足を運ばなければならないということでありましょうか」

「それはご自分で考えること……」

さらりといったお加代は、口許に魅惑的な笑みを浮かべて、次郎左に酌を返した。そばにいる新兵衛は、今夜はいつになく辛辣《しんらつ》なお加代に舌を巻いていた。だが、その胸の内はなんとなく読めた。次郎左を警戒しているのだ。

正直なところ、新兵衛も今日一日付き合って、この男には少し注意しなければならないと思っていた。お加代の慧眼《けいがん》どおり、次郎左には裏表がありそうなのだ。だからといって、頼まれたことを放り投げようとは思っていなかった。

「では、そろそろお暇《いとま》しましょう。曾路里さん、明後日《あさって》にはまたお付き合いお願いいたします」

先に腰をあげた次郎左が勘定をして先に帰っていった。

新兵衛は銚子《ちょうし》に残っていた酒を空けてから帰るつもりだ。猪口に酒を注《つ》ぎ足して口に運んでいると、次郎左を送りだしたお加代が戻ってきた。

「あの方ご近所なの？」

「阿部川町だといっていた」

「それじゃ近いのね」

お加代は浮かない顔だ。

「どうした？」

ううんと、首を振ったお加代は、

「わたしの思い過ごしかもしれませんが、このごろ新兵衛さん、気になる人ばかり連れて来るんだもの」

と、眉《まゆ》を曇らせる。

「連れてきたのは二人だけだ」

「大きな声ではいえませんけど、その二人のことです」

「気にしてもはじまらぬだろう」

新兵衛がそういったとき、がらりと戸が開いて、伝七の下っ引きをやっている金《きん》吾《ご》が飛び込んできた。ひょっとこ顔のちんまりした目で新兵衛を見るなり、

「やっぱりここでしたか」

と駆けよってくる。

「新兵衛さん、ちょいと付き合ってもらえませんか、親分が是非にも新兵衛さんを呼んでこいっていうんです」

「こんな時分に何事だ？」

「殺しです」

二

殺しは新兵衛が昼間行った浅草田町で起きていた。

詳しくいえば浅草田町二丁目から浅草寺裏につづく田圃《たんぼ》道で、そこは吉原の東南方向だ。町屋から半町ほどの場所だった。

殺されたのは幸吉という飾り職人だった。居職《いじょく》なので住まいも仕事場も同じ長屋

であるが、この大家は七蔵だった。

死体はすでに浅草田町の自身番に運ばれており、土地の岡っ引きと伝七が検分にあたり、死体発見者から話を聞いていた。新兵衛が自身番を訪ねると、書役と話をしていた伝七がぎょろ目で新兵衛を見てから、表に出てきた。

「酒が醒《さ》めちまった」

「新兵衛さん、こんなときに不躾《ぶしつけ》ですぜ」

「すまぬ、それでどうなっているんだ。町方は来ていないのか？」

「使いは走っているんですが、岡部の旦那《だんな》は今夜は寄合だといっておりましたから、見つかるかどうかわかりません」

伝七のいう岡部の旦那というのは北町奉行所の定町廻《じょうまちまわ》り同心・岡部久兵衛のことである。

「それでおれを……」

「こんなとき頼れるのは新兵衛さんしかいないでしょう」

伝七は嬉《うれ》しいことをいってくれる。

「とにかく死体を見てもらいましょう」

伝七は案内するといって、牛のようにいかつい体を自身番の裏に向けた。がに股《また》で歩きながら、「まったくこんなくそ忙しいときに……」とぼやく。

「これです」

伝七が筵《むしろ》をめくって、提灯をかざした。

死体となった蒼白《そうはく》な顔が、提灯《ちょうちん》のあかりに染められた。

「幸吉という飾り職人だな」

新兵衛は道すがら金吾からおおよそのことを聞いていたので、そういって片膝《かたひざ》をついた。刀傷は二つあった。ひとつは、胸を袈裟《けさ》懸けに斬られている。もうひとつは首筋にあった。

これではひとたまりもなかっただろうが、新兵衛は傷口を見て眉間《みけん》にしわを刻んだ。並の使い手ではないというのがわかる。

「下手人を見た者は……」

新兵衛は伝七を振り返った。

「それがいないんです。見つけたのは、近所の百姓でして、道端に寝ている者がいるから声をかけたら、死人だったので粟《あわ》食ったといってます」

「おまえはなぜ、この件に……」

伝七の縄張りは浅草田原町なので、当然の疑問だった。岡っ引きは基本的に、自分の住む界隈《かいわい》を縄張りにして、町方の与力、あるいは同心から十手を預かっている。他の土地の事件に関わる際は、面倒を見ている町方といっしょに行動するのが通例だ。

「あっしは旦那の指図で、吉原に行っていたんです。京橋《きょうばし》で殺しがあったんですが、それに追われておりましてね」

「吉原に何をしに……」

「下手人らしい男を引っ捕らえたんですが、その野郎が殺しのあった晩に吉原の女郎屋にいたというんです。それをたしかめにいっての帰りに、この騒ぎを知ったってわけで……」

「それじゃ殺しを二件抱えることになるのか？」

「そりゃ岡部の旦那次第です」

「とにかく、この死体については話を聞いておいたほうがいいだろう」

二人は自身番にいったん戻り、死体を発見した百姓からもう一度話を聞いたが、なにも手掛かりを得ることはできなかった。萬作《まんさく》という土地の岡っ引きは、面白くなさそうな顔をしていたが、仕えている町方がいないので、しぶしぶと伝七の助を認めていた。

自身番から足を運んだのは、浅草田町一丁目にある幸吉の長屋だった。

「じつは昼間もこの町に来たんだ」

新兵衛は歩きながらいう。

「何しに来たんです？」

「ちょいと頼まれたことがあって、七蔵という家主に会っていたのだ」

「七蔵……それじゃ殺された仏の大家と同じですぜ」

「ほんとうか……」

新兵衛はわずかな驚きを覚えた。伝七がどんな用事で七蔵と会ったのだというので、ざっと話してやった。

「へえ、普請で揉《も》めてるってわけですか」

「土地の者たちが強情らしいのだ」

「お上に盾突いてるだけじゃないですか。そんなことしたら、あとが大変でしょう」

「そうならぬように算段しなければならんのだ」

「面倒なことを……。おっ、その長屋がそうかな」

伝七はそういって一軒の長屋に入っていった。新兵衛、金吾とつづく。

幸吉の家の腰高障子には、丁寧な字で「かざり職　幸吉」という字が躍っていた。

戸締まりはしてなく、すぐに家のなかに入ることができた。どこにでもある九尺二間の家である。職人らしく、居間と寝間を兼ねた四畳半に、道具類と作りかけの簪《かんざし》の金具や帯留めなどが散らかっていた。

伝七と金吾はざっと家のなかを眺めただけで、近所に聞き込みに行った。その間、新兵衛は何か下手人につながる手掛かりがないかと、家のなかをあらためていった。行李《こうり》の蓋《ふた》を開け、粗末な箪笥《たんす》を引き開けたりしたが、これといって目に留まるものはなかった。

ただ、蒲《がま》の敷物のそばに一枚の図面があった。下手な絵図面といってよかった。つけた行灯《あんどん》にかざしてよく見ると、それは新兵衛が昼間、七蔵と談判した日本堤脇の水路のようだった。決壊した水路の場所と、被害にあった町屋の地図らしきものが描かれ、そこにいくつかの数字が書き込まれていた。

数字は被害にあった家と、人の数だった。死者が十八人、怪我人が三十余名とある。流された長屋や商家の数も書き込まれている。

新兵衛は顔をしかめた。これは尋常の被害ではない。近くに住んでいながら、まったく知らないことだった。それに、このことはまったく次郎左から聞いていなかった。

「なにかありましたか？」

伝七が戸口から声をかけてきた。

「いや、何もない。おまえのほうはどうだ？」

「こっちもわかりません。幸吉はこの長屋では評判もいいし、借金取りが来たこともなかったといいます。揉め事を起こしているとしたら、五人組の仲間とお上に談判していることぐらいだろうといいやす。さっき、新兵衛さんがいったことですよ。幸吉には会ってはいないんですね」

　伝七が疑り深そうな目を向けてきた。

「会ってはおらぬ。会ったのは七蔵という家主だけだ」

「それじゃ仕事がらみかもしれませんね」

　伝七は難しい顔をして腕を組む。

「田原町の親分ですか？」

　ふいの声に伝七が背後を振り返った。

「そうだ」

「わたしは大家の七蔵と申します」

　新兵衛は三和土《たたき》に下りた。七蔵とは昼間会ったばかりだ。その姿は腰高障子の向こうにあって見えないが、七蔵は言葉をついだ。

「ひょっとすると、下手人に思いあたることがあるんです。いえ、そうだと、はっきりとはいえませんが……」

「そりゃ誰だ？」

「へえ、普請方からやって見える浜野次郎左という人です」

新兵衛は眉宇《びう》をひそめるなり、表に出た。とたんに、七蔵が驚いた目をした。

三

「これは昼間の……」

新兵衛を見た七蔵は、驚いた顔で息を吞《の》んだ。

「それは誤解だ。浜野殿はそなたの家を出てから、ずっとおれといっしょだった。もっとも殺しが今日でなく、昨日のことであればわからぬことだが、幸吉が殺されたのは今日の昼過ぎから暮れ方のはずだ。そうだな」

新兵衛はたしかめるように伝七を見た。

「へえ、幸吉は元気なところを昼間見られています。それで死体が見つかったのが、暮れ六つ（午後六時）ごろでしたから……」

「その間、浜野殿はおれといっしょだった」

「さ、さようで……」

七蔵は顔に苦渋の色を浮かべ、それはわたしの早とちりでした、いまのことは忘れてくださいと、深々と頭を下げた。

「それより大家さんよ、幸吉を恨んでるような人間を知らないか。男とはかぎらねえよ。やつは独り身だった。いい年をしていたんだから、浮いた話のひとつや二つはあったはずだ。どうだい？」

伝七の問いを受けた七蔵は、「さあ、それは……」と首をかしげ、

「そっちのほうはいかがなものでしょうか。わたしにはよくわからないことです。しかし、わたしの知るかぎり幸吉は人に恨まれるような人間ではございませんでした。五人組にはいってもらい、町のことにも熱心に取り組んでおりましたし……」

「殺されるようなことに心あたりはない、そういうことだな」

「はい」

「また、話を聞きに行くかもしれねえ。それより、幸吉の始末は大家に相談することになっているらしいが、やってくれるんだろうな」

「話は聞いていますが、おそらく幸吉の親戚《しんせき》が取り仕切るはずです。請人も親戚ですからそうなると思います。では、わたしはこれで、差し出がましいことを申しましてご無礼いたしました」

七蔵は頭を下げて長屋を出ていった。

それを見送った新兵衛は、伝七に顔を戻した。

「それでどうする？　幸吉と仲のよかった者や、仕事の取引先や客もあたらなければならないだろうが……」

「会える者には今夜のうちに会ってみますが、詳しい調べは明日です。岡部の旦那《だんな》の指図もあるでしょうし、こっちには萬作という岡っ引きもいる。あんまり人の畑（縄張り）を荒らしてもいけませんしね」

「伝七、ひとつだけいえるのは幸吉を殺したのは、おそらく町人ではない。刀の使い方を知っている者だ。あの傷がそれを物語っている」

「覚えておきます。新兵衛さん、呼びだして悪かったですね」

「頼りにされるのはありがたいことだ。では、おれは先に帰る」

新兵衛はそのまま幸吉の長屋を出た。

寒空に無数の星が散らばっていた。風も冷たさが増している。新兵衛は着物の襟を立てるようにして足を急がせた。ほどよく酔っていたが、それもすっかり醒《さ》めていた。

（こりゃ、寝る前にもう一杯やらねば）

そう思う頭に、またとんぼ屋のあかりが脳裏に浮かぶ。

そのとんぼ屋はすでに暖簾《のれん》を下げていた。しかし、戸口の隙間から店のあかりがこぼれている。

「あら、噂をすれば何とやらですわ」

がらりと店の戸を開けるなり、お加代が顔を向けてきた。同じ土間席には末の姿もある。

「これは……」

新兵衛は同じ飯台を囲む腰掛けに座り、

「いったいどうしたのだ？」

と、お加代に酒を注文したあとで、末を見た。

「先日の礼をいいたくて、曾路里さまがこちらにいらっしゃるのではと思って来たのです」

「あのことならもうよい。それより、落ち着いたのか？」

末は勤め先を飛び出して、知り合いを頼っている。そのはずである。

「仕事は探しているところです」

「若いのだからすぐに見つかるだろう。すると、まだ知り合いのところにいるわけだな」

「はい、あまり迷惑をかけてはならないとは思っていますが……」

お加代が酒を持ってくると、すかさず末が酌をしてくれた。慣れた手つきであるし、どうぞと勧める目には、意味深なものが含まれていた。

「お末さんはご両親の勧めで江戸に出てきたらしいけれど、話を聞けば感心できるような店ではたらいていないみたい」

お加代はそんな話を聞いていたようだ。

「親は何をしているんだ？」

新兵衛は舐《な》めるように酒を飲んで、末をあらためるように見た。まだ二十歳前後と思われる。きれいな肌には張りとつやがある。小柄ではあるが面立ちがよい。

「百姓です。村では作物が穫れなくなりまして、みんな食うや食わずです。それでも年貢は納めなければならないので、苦労のしどおしです」

「どこも同じだろうが、おまえさんもつらい思いをしているのだな」

「…………」

末はうつむいて膝《ひざ》に置いた手をにぎりしめる。

「やさしいのですね。みんなそうだったらいいのに……」

涙声を漏らす末に、新兵衛とお加代は顔を見合わせた。

「奉公先を飛び出したといったが、義理は欠いていないのだろうな」

「あんな店、どうでもいいんです」

末は涙声のまま、悔しそうにつぶやく。

「水茶屋だったらしいわ。ただの茶汲《ちゃく》みではなくて……」

お加代が言葉を添えたので、新兵衛はそうだったのかと納得した。

「さ、もう遅いわ。お末さん、新兵衛さんにも会えたのだし、そろそろ帰ったほうがいいんじゃないの。わたしも店を閉めなくちゃならないから」

　お加代の言葉に、末は素直にうなずいた。

「新兵衛さんも、それが最後ですからね」

「わかっているよ」

　このごろうるさくなってきたなと、お加代のことを思う新兵衛だが、ツケで飲んでいる手前何もいい返すことはできない。それに、いいたいことはいうが、情の深い女だというのもわかっている。いずれにしろ、お加代には頭が上がらなくなっている新兵衛である。

　末は遅くに申しわけなかった、奉公先が決まったら、また知らせに来るといって帰っていった。

「話を聞けば同情しちゃうけど……」

　末を見送ったお加代が戻って来ていう。

「けど、なんだい？」

「よくわかりませんけど、やっぱりあの子は危なっかしいわ」

「…………」

「思い過ごしならいいんですけど」

　新兵衛は独り言のようにいうお加代を見て、残りの酒を喉《のど》に流し込んだ。

四

（伝七の助働きに、浜野の助働き……）

　自宅に戻ってきた新兵衛はどっしり腰を落ち着けて、瓢簞徳利《ひょうたんとっくり》を引きよせた。もうそれは無意識にやる習慣だったが、空と気づいて内心でがっかりする。

「はたらかざる者飲むべからずか……生きるのはなまなかではない」

　一人ぼやきながらさっさと寝ようと、夜具に手をかけたとき、戸口に声があった。

「どなたで……」

「末です」

　新兵衛はまばたきをした。さっきとんぼ屋から帰ったばかりのはずだ。

「どうしたのだ？」

　戸を開けてやると、お邪魔してよいかと末が聞く。とにかく居間兼寝間にあげて、向かい合った。

「見てのとおりの独り暮らしでな。火も起こしておらぬから茶も出ぬが、また困りごとでもあったか？」

　末は下を向いたままもじもじしたあとで、ゆっくり顔をあげた。

「お願いがあるのです」

「なんだ？」

「ここに泊めてもらえませんか。とんぼ屋の女将《おかみ》さんには、厚かましくていえなかったのですが……わたし、なんでもしますから。しばらくの間でいいですから置いてくださいませんか」

新兵衛はいきなりの頼み事に面食らった。

「それは……」

「曾路里さんがしてほしいことがあれば、ほんとになんでもします」

末は詰めてきて、新兵衛の膝に手を添える。

「ちょ、ちょっと待て。知り合いの家に世話になっているのではないか」

「冷たいのですね」

「冷たい……」

「わたしは千住の水茶屋に勤めておりました。そのとき、客になったしまざき屋の旦那さんが、困ったことがあったら相談に乗るからといってくださったんです。それで頼って行ったら、邪魔扱いされるように、しまざき屋の女中の家に預けられたんですが、その女中は白い目で見るし、わたしを嫌っているんです。面と向かっては何もいいませんけど、とても居づらくて……」

「少しの辛抱ではないのか……」

「それはそうですけど、しまざき屋の旦那《だんな》も……わたしを厄介払いしようとしています」

「しまざき屋というのはいったい誰だ？」

末は浅草田原町一丁目にある塩問屋の和兵衛という主《あるじ》だという。新兵衛は宙に目を泳がせて、一丁目の町屋を思い浮かべ、

「あの店か……」

といった。

「わたしは旦那さんの店で奉公したいのですけれど、それはできないといわれました。その代わり他の店を世話してくれると……」

「だったらいいではないか」

「どんな店になるかわかりません。飛び出した水茶屋もその前の店も人から紹介されたんですけれど、ろくでもない店ばかりでした。だから、よく知りもしないところへ奉公に行きたくないんです」

「しまざき屋のことはよく知っているのか？」

「それは……旦那さんを知っていますから……」

末は口ごもるようにいった。

「どうしてもしまざき屋で働きたい。されど、しまざき屋は手が足りている。そういうことなら致し方なかろう。それとも、しまざき屋が信用できないのか？」

「そんなことはありませんけど……」

「だったら辛抱したらどうだ。おまえの両親は食うや食わずの暮らしをしているらしいが、そのことを思えばなんでもできるはずだ。そのつもりで、江戸に出てきたのではないか」

「追い出されたのです。田舎にいてもはたらき口はないし、狭い田も畑もおとっつぁんとおっかさんの手で足りていますから。口減らしのために殺されないだけましですけど……わたしはどこへ行っても邪魔者になってばかり……」

末は目に涙の膜を張る。女の涙と酒に弱い新兵衛であるから、すぐには返す言葉を見つけられない。

「曾路里さん、二、三日でかまいません。わたしをここに置いてください」

末はにじり寄ってくる。もう体がくっつきそうだ。下がろうとすると、末は新兵衛の片手を両手でつかみ、自分の胸元に引きよせて見つめてくる。

「いけませんか。だめですか？」

末は潤んだ目で必死に訴える。それに新兵衛の手が、末の胸のふくらみにあたっている。意外にも豊かな胸だとわかる。

「手を……。泊めてやりたいところだが、独り身とはいえ、おまえさんのような若くてきれいな女がいれば、どんな噂が立つやもしれぬ」

末の手を振り払っていう新兵衛だが、その手にはまだ若い女の柔肌の感触が残っていた。

「噂なんか平気です」

「おまえさんが平気でもおれが困るのだ」

「わたしのような女は嫌いですか?」

「嫌いだとか好きだということではない。とにかく、今夜はその女中のところに帰ったほうがよい。一晩我慢したらしまざき屋に相談すればいい。面倒を見てくれているようだから、きっと何か考えてくれるはずだ」

突き放すようにいうと、末は泣きそうな顔でうつむいた。

「わかりました。それじゃそうします。突然、すみませんでした」

末は頭を下げてそういうなり、逃げるように家を飛び出していった。新兵衛が慌てて三和土《たたき》に下りて表を見たとき、もう末の姿はなかった。

「火の用心。火の用心……」

声をかけて、拍子木を打って歩く自身番の二人組が、表道を歩き去っていった。

五

　お定の家の居心地の悪さに耐えかねて新兵衛を頼ろうとしたが、思いどおりにはいかなかった。とぼとぼと夜道を歩く末は、唇を噛《か》んで、今夜だけ我慢しようと思った。

　曾路里新兵衛にいわれたとおりだと思いもする。あの人だったら、許してくれそうだと考えた自分が浅はかだったのか……。侍は苦手だが、新兵衛は例外だと末は思っていたのだった。

「おや、夜遊びかい。しょうがないね。帰ってきたらどこにもいないから、心配していたんだよ」

　帰るなりお定の冷たい視線が飛んできた。近所で酒を飲んでいたらしく、顔がまっ赤になっていたし、家のなかも酒臭かった。

「お定さんが出かけたので、外の風にあたってきただけです」

「こんな夜に女の一人歩きは物騒だよ。気をつけるんだね」

　思いやる言葉だが、それは上辺だけだとわかる。目には蔑《さげす》みの色さえある。

「お茶でも淹《い》れますか」

「もういいよ。そろそろ寝ないと明日も仕事だからね」

お定はそういって枕屏風《びょうぶ》を片づけ、夜具を延べにかかった。末は居候の手前お定にまかせるわけにはいかない。

「わたしがやりますから……」

「さわるんじゃないよ。わたしの布団だよ」

ぴしりといわれた末は体をこわばらせて、ぶくぶく太っているお定の背中をにらんだ。

(なんだい、このいけず年増が……)

「あんたも早く寝るんだね。明日は旦那さんが仕事先を世話してくれるだろうから」

お定はそういって、どしんと夜具に横たわった。末の寝るところはその布団の端である。それこそ体をちぢめるようにして寝なければならない。

すぐには眠れそうにないので、正座をしたまま明日からのことを考えた。和兵衛はどんな店を世話してくれるのだろうかと推量する。客を取る仕事はいやだ。もう、懲り懲りである。かといって昼商いの呉服屋や瀬戸物屋などもどうかと思う。

末は二十一だ。新たに奉公するとしても、若い女中や丁稚より下に見られるし、先に入った者を敬わなければならない。十五、六の娘や小僧に指図されることに抵抗がある。

（やっぱり辛抱しかないのか……）

あれもいやこれもいやと、我《わ》が儘《まま》をいえる人間でないのはよくわかっている。もし、最初に奉公した店でいやな思いをしていなければ、そんなことは思わなかったかもしれない。しかし、もう過ぎ去ったことをとやかく考えてもしかたないことだ。大事なのはこれからだと思う。

末が大きくため息をついたとき、コンコンと、遠慮がちに戸がたたかれた。末はお定を見た。太い足を布団の裾《すそ》から出して、鼾《いびき》をかいていた。

「お末……」

低められた声は、和兵衛だった。心張り棒を外して戸を開けると、
と、和兵衛が家のなかに目を走らせた。

「お定は？」

「寝てるんだな。お末、ちょいとついてきてくれるか」

「どこへです？」

「いいから早くおいで」

有無をいわせない口調で和兵衛は表へうながした。

末は黙って和兵衛にしたがった。寒風の流れる表道に出ると、和兵衛は急ぎ足に

なった。

「旦那《だんな》さんどこへ……」

「お定は呑兵衛《のんべえ》だ。朝までは起きない。心配はいらないさ」

てんで答えになっていないことを和兵衛は口にした。

連れて行かれたのは、お定の家からほどない一軒の小料理屋だった。表ではなく裏口から、その店に入った。ほの暗い常夜灯がともしてあり、板場の脇を過ぎて小部屋に入った。二畳ほどの客座敷だ。

「店の者は上で寝ている。誰も起きちゃこないから、安心しな」

和兵衛は末を振り返ってから低声でささやくようにいう。

「何かお話でも……」

言葉はいきなり和兵衛の口で遮られた。背中に手をまわされ、片手で帯をほどかれていた。末は目を見開いたまま、突然のことに抵抗するのを忘れていたが、ようやく顔を離してから、

「何をするんです」

といった。うす暗い部屋だが、小さなあかりがあるので、和兵衛がにたりと笑ったのがわかった。下心のある顔つきだった。

「おまえさんが訪ねてきてびっくりしたけど、嬉《うれ》しかったんだよ。早く二人だけに

なりたかったんだけど、何かと忙しくてね。でも今夜は久しぶりに、おまえさんの……」

和兵衛はそういうなり、末の胸をはだけた。張りがあって形のよいふくらみが闇のなかに曝《さら》された。きれいだとつぶやく和兵衛は、しゃぶりつくように末の胸に顔をうずめた。

末は冷めきった顔で闇のなかに視線を彷徨《さまよ》わせていた。その間にも、和兵衛の手は末の裾を割って、太股《ふともも》に這《は》い入ってくる。帯がほどかれ、着物が剝《は》がされて、末は半裸になった。和兵衛も自ら着物を脱いだ。

「お定さんが……」

脱ぎ散らした着物に押し倒された末は無表情にいった。

「あいつのことは心配いらない。女のくせにうわばみだから、たっぷり飲ませてある。朝までぐっすりだ。お末はあいつが起きる前に帰ればいい」

和兵衛が上に覆いかぶさってきて、耳たぶや首筋を野獣のようにねぶった。股間《こかん》に和兵衛の硬いものがあたる。

（そうだったのか……）

末は店から帰ってきたお定が、嬉しそうに今日は呼ばれているからといった言葉を思いだした。それはきっと和兵衛がそうなるように仕向けたのだ。それは自分に悪さをするためなんだと悟った。この男は、単に自分の体がほしいだけなのだ。男は所詮《しょせん》そんなものだと、末は諦観《ていかん》していた。しかし、和兵衛は他の男たちより信用できると思っていた。だから頼ったのだが……。

（でも、いいじゃない。それでもいいじゃない）

末は自分にいい聞かせて、和兵衛の薄い背中に両手をまわした。

「旦那さん……」

「うん」

「わたし、他の店になんか行きたくない。旦那さんの店で奉公したい」

和兵衛は黙っていた。ただ、若い末の体をまさぐり、愛撫《あいぶ》をつづけた。

「おかみさんがうるさいんですか？　わたし、絶対旦那さんとのことは口にしません。それだけは安心してください」

「だけどね……」

末は必死に頭をはたらかせた。

「旦那さんにもっと可愛がってもらいたいんです。旦那さんが恋しかったから店を飛び出してきたんですよぅ。同じ店にいれば、わたしが何をしているか、旦那さんの目が届くし、心配しなくてすむでしょう。わたしがよそに行ったら、めったに会えなくなるではないですか。ねえ旦那さん、わたし旦那さんの店で奉公したい。ねえ、旦那さんお願い。そうしてください、そうしてくださいまし」

末はめいっぱい甘えるような声でささやき、和兵衛にしがみついていった。

「そうか、そうか、おまえは可愛い女だ。ああ、お末……」

「旦那さん……」

六

「拙者は一度しか会ったことがないが、それでも知った顔。なんとも悲しいことだ」

平山宇兵衛は水路脇の畦道《あぜみち》を歩いていた。雑草に張りついた夜露が朝日をまぶしくはじいている。

「幸吉の野辺送りは、やはり親戚《しんせき》の者たちがやることになりました。仲のよかった町内の者も弔いに出たいと申しましたが、やんわり断られまして」

いっしょに歩いている七蔵だった。

「無理はいえぬからな」

「先方もこの町に住んでいる者たちの苦しさを知っているのです。幸吉の田舎も決して楽ではありませんから……」

幸吉は隅田村《すだむら》の貧しい大工の倅だった。村の大工では食っていけないので、江戸にやってきて、やっと独り立ちできる飾り職人になったばかりだという。

「一流の飾り師になって、親に楽をさせたいというのが幸吉の口癖でした。その親の住む村も今年の夏には大きな被害が出たと申します。天の災いですからどうすることもできませんが、そのあとの始末は人間の仕事です。それも力を合わせてやらなければならないのに、お上も慈悲がない」

七蔵は幕府の粗末な普請を嘆く。

「やはりここに橋がないと不便であろう」

宇兵衛は洪水で流されたという橋のそばで立ち止まった。いまは竹を数本荒縄で組んだ小橋がわたされている。人一人がやっと通れるほどの粗末なものだ。

「みんな難儀しております。堤を上るにしても下りるにしても、吉原のそばまで行くか、あるいは下流に架かっている橋を使うしかありません。人はいいですが、馬や牛、大八車は大回りするしかありません」

「……そうであろう」

宇兵衛は水路の向こうを眺めた。橋があれば、日本堤の上までなだらかな坂を上ればすむ。橋が架けられないがために、その分余計な労力を強いられている者たちがいるのだ。

「土手に上ってみよう」

宇兵衛は竹橋《たけばし》をわたって、日本堤に上がった。少し先に吉原の客をあてこんだ屋台や葦簀《よしず》張りの茶店があるが、まだ店開きはしていない。目を転じて今戸のほうを見ると、荷を背負った行商人や、牛に荷車を引かせる人足の姿があった。吉原の御用商人と思われた。

「……家普請はまだやっているのだな」

浅草田町のあちこちから木槌《きづち》や玄翁の音が聞こえていた。

「大方家は建ちましたが、金の算段が大変でございます。何もかも水にさらわれて商売再建のめどの立たない者もいますし、家持ちも金の工面で四苦八苦しております。火事も怖いですが、火を消す水も怖いもんです」

やれやれと、七蔵は腰をたたく。

「せめて橋を架けられればよいのだがな」

「町内でもその話は出ましたが、勝手に架けるのは御法度でございますから」

道普請ならともかく、橋は軍事的なものがあるので、公許が出ないと造り替えることはできなかった。たとえ、それが洪水で流されても許しを得なければならない。国許《くにもと》で作事方をやっていた宇兵衛もそのことはわかっている。しかし、住人たちに不便を強いることはないはずだし、いまは戦乱の世ではない。矛盾する掟《おきて》に忸怩《じくじ》たる思いを抱くのは、何も宇兵衛だけではないはずだ。

「普請方の使いがやってくるのは明日であったな」

「はい、明日には返事をしなければなりませんが、手前どもの考えは変わりません」

「そうであろう。しかし、先方もこれまでの考えを変えはしまい」

「おそらく……。困ったことです」

「七蔵、幸吉の代わりに拙者が立ち合ってもよいか」

「それは……」

「拙者はおぬしの長屋に住んでいる。つまり、それはこの浅草田町の住人ということにならぬか」

はっと、七蔵は目をみはった。

「住人として普請方の使いと話をしたい。それまでにこちらの窮状がいかほどであるか、水路の普請がいかほどずさんであるか、それを今日中にまとめておく。こういったことは、事実を道理にあてはめて話すしかない。偽りを申し立てるのは以《もっ》ての外であるが、相手の非や弱点をつつくだけでは、反撥《はんぱつ》を招くだけだ。また、困っているから何とかしてくれというだけでも、相手はわかろうとはしないだろう」

「まったくおっしゃるとおりだと思います。平山さま、是非とも明日はごいっしょしてくださいませ」

「うむ」

力強くうなずく宇兵衛は、きっとこの町の者たちの役に立ってみせると心に誓った。これまでにない正義感を燃やすのは、窮屈な束縛からとかれ自由の身になったからかもしれない。親を斬り殺したという自責の念は消えはしないが、人の役に立つことで、その呪縛から逃れられそうな気もしていた。

「では、今日は明日のために備えることにいたそう」

宇兵衛は上ってきた土手道を下りはじめた。

七

酒が……なかった。

新兵衛は夜具に座り、空っぽの瓢簞徳利《ひょうたんとっくり》を持ったまま、途方に暮れたような顔をしていた。徳利を放り投げ、無精ひげの生えた顎《あご》をごしごしと両手で洗うようにこすり、ふうと、肩を落としてため息をつく。素面《しらふ》でいるとどうにも雑念が頭に浮かんできて、まとまりがつかなくなる。

目覚めたとたん、昨夜訪ねてきた末のことが頭に浮かべば、幸吉という飾り職人を殺した下手人をどうやって捜そうかと思いもするし、浜野次郎左から頼まれた仕事のことも考える。はたまたこれからの身の振り方を、真剣に考えるべきだと己にいい聞かせもする。

（人生、なるようにしかならぬのだがな……）

悩んだところで、前には進めないと思う新兵衛である。大切なのは、目の前にある問題をひとつひとつ片づけてゆけば、いずれ道は開けると半ば達観している。悩むなら動けということなのだが、新兵衛の活力の源が切れたいまは、どうにも気力がわかない。

そぞろ歩くように長屋の井戸端に行って、顔を洗いひげを剃《そ》り、歯を磨く。総髪を手櫛《てぐし》で調え、結いなおす。長屋のおかみ連中が来て、愛想よく挨拶《あいさつ》をしてくれる。亭主の愚痴をいうおかみがいれば、近所で聞いた話をおもしろおかしく話し、喉《のど》ちんこが見えるほど大口をあけて笑うおかみもいる。

この長屋は平穏である。それに、みんな「新兵衛さん、新兵衛さん」といって慕ってくれる。貧しい長屋ではあるが、住み心地は悪くない。

家に帰って、そろそろ出かけようかとぼんやりしていると、タタッと慌ただしい雪駄《せった》の足音がして、がらりと腰高障子が開けられ、伝七が飛び込んできた。

「新兵衛さん」

と、額の汗をぬぐって慌てたようにいう。

「なんだ、またなにか起きたか？」

「いえ、そうじゃありません。旦那《だんな》に呼ばれているんで、これから行かなきゃならないんですが、例の浅草田町の殺しの一件、助をしてくれますよね」

「やると、昨日いったばかりだろう。武士に二言はない」

「よかった。いやなにね、ほら岡部の旦那と調べていた別の殺しの件ですが、とっ捕まえていた野郎はまちがいで、ほんとうの下手人が見つかったんです。それでこれからちょっとした捕り物に行かなきゃならねえんですよ。かといって、飾り職人の幸吉の件をほったらかしにもできないでしょう」

「おまえにしてはなかなか感心なことをいう」

「茶化さないでくださいよ。それで、あっしが留守の間、調べておいてもらえますか」

「うむ、明日はちょいと大事な用があるが、今日のうちならまかせておけ。それで、なにか手掛かりをつかんだか？」

伝七はそれがないんですといって、上がり口に座り込んで煮しめたような手拭《てぬぐ》いで汗を拭《ふ》く。

「なんにもわかっちゃいないんですよ。あっちの萬作って岡っ引きも、腕を組んで困っている始末です。乗りかかった舟だから、あっしにも手を貸せと、最初は煙《けむ》たそうな顔をしていたくせに、そんなことといいやがるんです。ま、頼まれりゃいやといえねえあっしですから、おうやってやると二つ返事をしたはいいんですが……」

「おまえのいいたいことはわかった。それより、頼みがある。なに、やることはやるから心配いたすな」

「なんです、頼みって？」

伝七はただでさえ大きなぎょろ目なのに、さらにその目を大きくする。新兵衛は黙って片手を差し出し、掌《てのひら》を上に向けた。伝七が掌と新兵衛の顔を交互に見る。

「前金で二分。下手人を見つけても、あとは何もいらぬ」

伝七のいかつい顔が、ゆっくり緩んだ。

「なんだ、そういうことですか。お安いご用です。それならそうといってくれりゃいいじゃないですか、水臭えなァ」

伝七は財布を取り出して、くるくるっと紐《ひも》をほどき、

「あいよ」

と、新兵衛の掌に二分金一枚を落とした。

「これでよござんすね。後金はいらないんですね」

「ああ、いらぬ」

安請け合いをする新兵衛は、二分金を握りしめて袖《そで》のなかに落とした。

「それじゃ、ま、そういうことで。あっしは行ってめえりやす」

伝七は風のように去っていった。

夏から秋口にかけて雨つづきだったが、このところはからっとした天気がつづいている。空は青く澄みわたり、雁《がん》の群れ飛ぶ姿もめずらしくなくなった。木々の葉は色を変え、野や川端には銀色に輝くすすきの穂が見られる。

新兵衛は〝仕事〟先に近いところで、朝餉《あさげ》をすまそうと思い、いつも行くとんぼ屋をよして、奥山《おくやま》裏の田圃《たんぼ》道にあるお米《よね》の店に足を向けていた。よくもそんなところで商売が成り立つものだと感心するが、お米の作る酒の肴《さかな》は絶品である。自家製のタレをつけて焼く肉は殊の外うまい。肉は鶏、軍鶏《シャモ》、鴫《しぎ》、鴨などと、時季によって変わるが、知る人ぞ知る名物料理であった。

涸《か》れた田圃を眺めながら歩いていると、乾いた道の先に風雨にさらされ傾いた藁《わら》葺《ぶ》きの家が見えてきた。重石の載った屋根には苔《こけ》といっしょに草が生えているし、軒はかしいでいる。土壁は剝《は》げ、羽目板にも隙間がある。

それがお米のやっている「米丸《よねまる》」という店であった。吊《つるし》看板は風雨にさらされ、字はくすみ、罅《ひび》が入っている。そこが料理屋だということを知らなければ、つい見逃してしまう荒屋である。

「婆さん元気か?」

土間に入って声をかけると、奥の暗がりからのっそりと、手拭いを姉さん被《かぶ》りにしたお米が出てきた。

「なんだ、ずいぶん早いじゃないか。……ふむ、それに素面と来ている。めずらしいこともあるもんだ」

歯っ欠けで齢七十近いお米は、目をしょぼつかせて、手に提げていたたくあんを板場に持っていった。それから酒かいと聞く。

「まずはそうだ。あとで残り物の飯を食って出かける」

お米は返事をしないで、板場でゴソゴソやっている。一畳半の小上がりに腰を据え、蔀戸《しとみど》の向こうを見やった。涸れた田圃に壊れた大八車が、野ざらしになったままひっくり返っていた。

(百姓も不作で車を捨てておったか……)

そばの柿の木で、目白たちが熟柿をついばんでいた。

「あいよ」

お米が大きめのぐい呑《の》みを置いた。酒がなみなみと注《つ》がれている。新兵衛はにんまり笑うと、早くにすまぬなと一言詫《わ》びて、口をつけた。

「ぷはっ。やっぱりうめえ。生き返った心持ちだ」

「それで生き返りゃ、何杯でも飲むこった」

お米はそういったきり板場に引っ込んだ。しばらくして、飯は昨夜の残り物があるから、それにみそ汁をぶっかけるだけでいいかと聞いてくる。新兵衛は、酒を飲みながらそれで十分だと応じる。

一杯の酒を飲みほすと、だんだんと活力がわいてくるから不思議なものだ。目に輝きが戻り、赤みの射した頰に張りが出る。もやもやと頭のなかで渦を巻いていた考え事が、少しずつ整理されてゆく。

「婆さん、もう一杯くれ」

お米は黙って酒を持ってくる。そして、また板場に引っ込んで、トントンと俎《まないた》をたたく音をさせる。新兵衛は酒で濡《ぬ》れた唇を一度ぬぐって、二杯めにかかる。考えがまとまってきた。今日は殺された幸吉という飾り職人について調べをする。その合間に、問題になっている日本堤下の水路を見ておこうと思った。浅草田町の五人組たちとの話し合いは明日である。こっちは、用心棒めいた仕事だから、浜野次郎左に付き合って黙ってそばについているだけでよい。

(やはり、先に調べるのは殺しであるな)

心中でつぶやく新兵衛は、末のことや自分の将来のことは、頭の隅に追いやっていた。

「婆さん、殺しがあったのは知っているか？」

「聞いたよ。この道の先で起きたことだ」

店の前の道を辿《たど》って行けば、幸吉が殺された場所に行きあたる。その先が浅草田町二丁目の町屋だ。

「まったく物騒な世の中になったもんだ。柄の悪い人間がこの界隈《かいわい》をうろつくようになった。在から流れてきたもんだろうが……」

「殺されたのは飾り職人で幸吉という男だ。下手人の手掛かりがなんにもない」

「なんだい、またあの伝七って親分の助をしているのかい」

新兵衛はお米にはなんでも話している。また伝七もこの店に何度か来たことがある。

「おれの生計《たつき》だ。それで、その幸吉というのが殺されたのは昨夜のことだ。おかしなやつを見なかったかい？」

別に期待をしたわけではなかった。念のために訊《たず》ねただけである。

「妙な男が来たよ。昨夜は暇でね。さっさと店を閉めようとしたとき、慌てて飛び込んできた男がいた」

新兵衛はぐい呑みを膝許《ひざもと》に置いて、板場に顔を向けた。すると、お米が板場の陰から出てきて、言葉をついだ。

「水を飲ませてくれっていうんだ。だから飲ませてやったよ。だけどね、妙に顔色が悪くて、着物は黒く汚れているし、返り血を浴びたような顔をしていた」

「婆さん、そりゃ大事なことだ。詳しく聞かせてくれ」

新兵衛は尻《しり》を浮かして、お米に体ごと顔を向けた。

第四章　煙管《キセル》

一

「あたしゃ喧嘩《けんか》でもしてきたんじゃないかと思ったんだよ。なんだか気が立っているようだったしね。そんなとき気に障るようなことをいえばろくなことにならない。見て見ぬ振りをして水を飲ませてやったよ」

お米はそういって、口をふがふがと動かした。

「それで……」

「それだけさ。水を飲んだら出ていったよ。それで、今朝殺しがあったって聞いたんで、ひょっとすると昨夜のあの侍だったのかもしれないって、ぼんやり考えていたところだ」

「侍だったんだな」

「二本差しだったからね」

「それでそいつはどっちへ行った？」

「あんたの住んでいる町屋のほうだよ。見送りはしなかったけど、そっちに駆けていったよ」

「顔を覚えているか?」

お米はゆっくりかぶりを振った。

「昨夜のことだろう。しっかり見なかったのか?」

「しっかりは見なかったよ。あたしだって気味悪かったんだ。それにこのごろは物忘れがひどくて、昨日会った人の顔だってよく思いだせない。覚えちゃいないが、今日にでも会えればわかるかもしれないが……あんまり自信はないね」

お米は情けないことをいう。

「年はいくつぐらいだった? 身なりはどうだった? どんな体つきだった? 人相はどうだ?」

「まとめて聞くんじゃないよ。答えられないじゃないか」

お米は土間に置いてある腰掛けに座って、ずるっと茶をすすった。

「年は三十から四十の間ぐらいじゃないかね。ひょっとするともっと若かったかもしれないし、年かもしれない。地味な縦縞《たてじま》の小袖《こそで》を着ていた、ような気がする。羽織は浅葱《あさぎ》色だった、ような気がする。背は小さくなかったけど高くもなかったよ」

「それじゃちっともわからないではないか」

「しかたないだろ。じろじろ見るわけにはいかなかったんだから」

「それじゃ体つきはどうだ？　痩《や》せていたか太っていたか？」

「太ってもいず痩せてもいなかったようだね」

中肉中背ということか……。

「人相は？」

「さあ、どうだったかな。……目が鋭かったのだけは覚えているけど。眦《まなじり》の吊《つ》りあがったような目をしていたよ。そうそう、ちょいと頬がこけていたような気がする」

「黒子《ほくろ》とか、傷とかは……」

「そこまで見てりゃ、顔だってちゃんと覚えているよ」

「ふむ」

うなった新兵衛は、酒に口をつける。かっかっと体が熱くなってきた。

「だけどね、あの男落とし物をしていったんだ。あとで気づいたんだけどね。ちょいと待ってな」

お米はよっこらしょといって腰をあげると、奥に行ってすぐに戻ってきた。土間奥の三畳一間がお米の寝間である。

「これだよ」

そういってお米が差しだしたのは、煙管《キセル》だった。

新兵衛は受け取って、その辺にあるありふれた煙管ではないと見た。それは柄が中ほどで差し込みになっていて二つに分けられるだけでなく、真鍮《しんちゅう》の上に金鍍金《きんめっき》を施してあるのだった。雁首《がんくび》には蜻蛉《とんぼ》の彫金……。

よく使い込んであるが、めったにある代物ではない。

（幸吉のものか……）

そう思うのも無理はなかった。殺された幸吉は飾り職人だった。簪《かんざし》や根付けも作るが、煙管も仕事のうちだ。

下手人は幸吉を殺して、煙管を盗んだ。あるいは下手人の持ち物だった。そのいずれかだと考えていい。もちろん、水を飲みに来た侍が下手人だと断定はできないが、返り血を浴びた顔をしていたというのは聞き捨てならない。

新兵衛は残りの酒を一息であおると、

「婆さん、これはおれが預かっておく」

「昨夜の侍が来たらどうする？」

「そのときはとぼけておけ。その代わり、しっかり顔を覚えておくんだ。よいな」

「あんたにいわれりゃ、目を皿にして覚えておくことにするよ」

「だが、気をつけろ。婆さんがいったように、近ごろは得体の知れない浪人やはぐれ者がうろついている」

「こんな年寄りに悪さする物好きはいないだろう」

相変わらず減らず口をたたくお米を無視して、新兵衛は表に出た。

「飯はどうすんだい？」

お米の声が追いかけてきたが、新兵衛は返事もせずに歩いた。道端に一本の石榴《ざくろ》の木があり、実をちぎった。硬い殻は割れており、熟した赤い果肉の粒がのぞいている。

新兵衛は石榴をかじった。殻の苦みといっしょに、果肉の甘酸っぱさが口中に広がった。種をぷっと吐き出し、目を正面に据える。

まずは幸吉が殺された現場に行くことだ。幸吉がどんな煙管を作っていたか、それも調べなければならない。

新兵衛はもう一度石榴にかぶりつき、苦そうに顔をしかめた。

二

「もう旦那《だんな》さんも、いつまであんたの面倒を見させるんだろうね」

嫌みな捨て科白だった。

お定はでっぷりと肉のついた大きな尻を見せて、ばしゃんと腰高障子を閉めると、家を出ていった。朝餉《あさげ》の片づけをしていた末は、その腰高障子越しに射し込んでいるあわい光に照らされた三和土《たたき》を見た。黒く波打つような三和土の地面は、固くなっている。光のあたらない隅には青い苔《こけ》が生えていた。

ふっと、末は笑ったが、すぐに表情を険しくして、お定が出ていった戸口をにらんだ。

（馬鹿にしているといいんだわ。いまに見てやがれ……）

末はお定の家に居候している手前、部屋の掃除片づけ、洗濯、朝餉や夕餉の支度などとこまめにはたらいていたし、お定が帰ってくると気を遣って、極力おとなしくしていた。聞かれることには素直に答えた。

上総の出で、家は百姓だといったときだけ、

「あんたも苦労して育ったんだね」

と、同情的なことをいってくれたが、水茶屋ではたらいていたことを打ち明けたとき表情が変わった。

「……そんなところで」

と、軽蔑《けいべつ》の眼差《まなざ》しを送ってきたのだ。

「それで旦那さんを口説いたのかい」

と、蔑《さげす》みの言葉も重ねた。

「いいえ、旦那さんは別のところで偶然親切を受けたんです」

慌てて弁解した。

「へえ、別ってどこだい？」

すぐには答えられず、急いで作り話を作った。使いに出たとき、道で転んで助け起こしてもらったと。そのとき怪我の手当てもしてくれた、やさしい人が旦那さんだといった。

だが、お定はその作り話を信用していないようだった。

「ふうん、それがきっかけだったってわけ。あんたは可愛い顔しているからね」

いじけたようにいったお定は、それ以来、末を快い目で見なくなった。もっとも、それはお定が帰宅して、いっしょにいる間のことで、その時間さえ堪えておけばよかったし、今日はこの家を出ることになっている。

昨夜、和兵衛はこういってくれた。

「よし、よし、おまえさんの望むように取り計らおうじゃないか。でもね、うちの店はどうかと思うが、少し考えてみる。無理だとしても、ちゃんとわたしの目の届くところに紹介するから待っていなさい」

末はその言葉に救いを覚えていた。

支度金をやるから長屋も決めてやるといわれていた。

（やっと、まともな仕事ができる）

末の心は軽くなっていた。

汚れた茶碗《ちゃわん》や器を笊《ざる》に入れると、井戸端に行って洗った。起きたときは肌寒いほどだったが、いまは日が高く昇って気持ちがよかった。

これから先のことを考えた。しまざき屋への奉公を和兵衛が許してくれたら、またお定が意地悪なことをいうだろうと思った。

（そのときは、旦那さんに頼んでお定を馘《くび》にしてやればいい）

ふふふと、声に漏らして笑った末は、でぶったお定の泣き面を思い浮かべた。

（人を小馬鹿にするとどういうことになるか、思い知るといいんだ）

お定を馘にするのは簡単だ。和兵衛に、告げ口をすればすむ。

お定さんがわたしたちの仲を疑っているんです。陰でこそこそ悪い噂もしているようです。旦那さん、お定さんを放っておくと旦那さんに迷惑がかかるんじゃありませんか。

自分との仲を知られたくない和兵衛の、心の内は手に取るようにわかる。きっと和兵衛は慌ててお定を馘にするはずだと、末は確信していた。

「あら、お定さんのところの人じゃない。楽しそうだね」

同じ長屋のおかみがそばにしゃがんで、洗濯物の入った盥《たらい》を置いた。

「陽気がいいですから、なんだか気持ちまでよくなります」

「そうだね。これ以上寒くなってほしくはないけど……」

「そうですね」

末は洗い物に戻ったが、どうせ今日は出ていくんだから、丁寧に洗う必要はないと思った。気に食わないお定の茶碗だ。末はさっと水で流すだけで終わらせることにした。


しまざき屋和兵衛は、朝から機嫌の悪い女房に戦々恐々としていた。まさか、昨夜のことを知られてしまったのではないだろうか気が気でなかった。

すると、店を開けてすぐ、

「あなた、ちょっとお話が……」

と、女房のつた江《え》が奥の座敷に呼びだした。

「なんだね」

和兵衛は余裕ある態度をよそおって、つた江の前に座った。そのつた江が探るような目を向けてくる。

「あなた、このままでよいと思いますか?」

その視線は肺腑《はいふ》を抉《えぐ》るように鋭かった。和兵衛は婿養子で、ずっと尻《しり》に敷かれっぱなしで、つた江が苦手であった。夫婦の営みも、子供を儲《もう》けてからはない。

「何のことだね」

「とぼけないでください」

そのきつい口調に、和兵衛はビクッとした。

「このところの売り上げです。昨夜帳簿を見せてもらいましたが、左前ではありませんか。このままでは立ち行かなくなりますよ。女房の分際で立ち入ったことは申しあげたくありませんが、少しひどすぎます」

何だそんなことだったのかと、和兵衛はほっと胸をなで下ろした。

「何です、その人を小馬鹿にしたような薄笑いは」

「あ、いや。そうではないよ。たしかに売り上げは落ちている。しかし、それは一時のことだ。商いには浮き沈みがある。いいときもあれば悪いときもある」

「…………」

「この夏は大変な雨風で町の者も難渋しているんだ。贔屓筋《ひいきすじ》も倹約をしている。そんなときに売り上げはなかなかよくならない。世間を見てごらんなさい」

「怠けていたわけではないのですね」

「怠けるどころか、番頭と手代には毎日ご贔屓廻《まわ》りをさせている。心配はいらないよ。いまに客は戻ってくるだろうし、売り上げもまたよくなるはずだ」

「それを信じてよいのですね」

「わたしにまかせておきなさい」

「そう。それでしたら、もう何も申しません。ただ……」

つった江は言葉を切って、小庭に目を向けた。

「ただ、何だね？」

「浮気をしてはいませんよね」

突然のことに、和兵衛は内心大いに狼狽《うろた》えたが、努めて冷静を装った。まさか、昨夜のことを告げ口されたのではないかと思いもする。

「なぜ、そんなことを……」

声はふるえていたかもしれないが、誤魔化すように煙管《キセル》に刻みを詰めた。

「気になったからです。あなたはまだ若い、わたしも若い……」

「……そうだね」

「何を鈍感な」

つった江は顔を上気させた。

「いったいどうしたんだね」

「こんなことを女の口からいわせるのですか。まったくあきれた亭主ですこと。もう、いいです。わかりました」

憤然とした顔でつた江は立ちあがった。だが、座敷を出ていく前に立ち止まって振り返った。

「あなた、もし浮気などしたら、刺し違えてでもあなたを殺しますからね」

その凄《すご》みのある目つきに、和兵衛は心底竦《すく》みあがった。

三

新兵衛は幸吉が殺された現場を検分して、幸吉の住んでいた長屋に足を運んでいた。殺された場所ではなんの発見もなかった。また、幸吉の長屋はすでに空き家となっており、腰高障子には「貸家」の貼り紙があった。

新兵衛が知りたいのは、幸吉がどんなものをこしらえていたかである。手の込んだ彫金や細工が得意であれば、お米から預かった煙管は幸吉の作品といえるし、幸吉自身のものか、あるいは客のものである。

「どんなものを拵《こしら》えていたかって……そりゃ煙管とか簪《かんざし》とか根付けや、ちょっとした小物でしょう」

幸吉と同じ長屋に住む居職《いじょく》で、駒下駄《げた》を作っている男だった。

「詳しいことはわからぬか？」

「まあ、茶飲み話はしましたが、仕事のことはめったに話しませんでしたからね。あいつもあっしの仕事のことまで聞きはしませんでしたし……。それにしても怖いことです。身近なやつが殺されるとは思いもしませんからね。明日は我が身といいますが、気をつけなきゃなりません」

男はグスッと洟《はな》をすすり、前掛けに積もった木屑《きくず》を手で払った。

結局、幸吉がどんなものを作っていたかを知っている長屋の者はいなかった。灯台下暗しというわけである。

幸吉の仕事ぶりを聞きまわっているうちに、幾人かの客と、幸吉が煙管を納めていた煙管屋のことがわかった。その煙管屋は待乳山《まつちやま》に近い浅草 聖天町《しょうでんちょう》にあった。

「ほう、これはめずらしい手の込んだものです」

新兵衛が例の煙管を見せると、煙管屋の主《あるじ》はしげしげと眺めたあとで、感心顔をした。

「それに年季が入っております。二、三年は使ってあるでしょう。ふむ、しかしながら幸吉の腕の及ぶものではありません。これはもっとしっかりした職人の技です」

「これと同じものをどこで売ってるか知らぬか？」

「おそらくないでしょう。うちもほうぼうの職人から仕入れておりますが、これだけの意匠と工夫の凝らされたものはありません」

新兵衛は店に並べてある煙管をざっと眺めた。どこにでもありそうなありふれた煙管ばかりだ。めずらしいものといえば、女用の細い長煙管に、鉄製で竹を使わずそれでいて水に浮くという浮張煙管《うきばりぎせる》、管が二股《ふたまた》に分かれ二人で吸えるようになっている夫婦煙管《めおときせる》ぐらいだ。火皿をつけた雁首《がんくび》の意匠も、さほど珍しいと思えない。

「もし、これと同じようなものを作れる職人がいたら是非とも教えてもらいたい」

「へえ、気にかけて聞いておきましょう。蜻蛉《とんぼ》の彫り物をする職人は滅多にいませんから、案外早くわかるかもしれません」

「それならなお頼む」

「へえへえ、承知いたしやした」

煙管屋は快く請け合ってくれたが、

(ありゃあ、あてにはできぬな)

と、新兵衛は胸の内でつぶやきながら長屋を出た。

朝飯も食わずに気負って、伝七の助働きをしていたら急に空腹を覚えた。やることは他にもあるが、とりあえず腹に何か入れておこうと、適当な飯屋に入った。まず注文するのは酒である。

「それから親爺《おやじ》、さらさらっと腹に入るものをくれ」

「酒のつまみではなく飯でございますか」

「そうだ」

「だったら菜飯《なめし》はどうです」

「それでよい」

新兵衛は目の前の酒に口をつけて、窓格子の向こうを見た。日の光を受けた日本堤の土手が目の前にある。雑草のなかに背の高いすすきが伸びている。土手道に背《せ》負籠《おいかご》を担いだ百姓や、大八車を押す人足たちの姿があった。

昼間の日本堤を歩くのはそんな者たちだ。これが暮れ方になると、江戸詰の勤番侍たちが徒党を組んで歩いたり、町駕籠《かご》が駆けたり、あるいは商家の金持ち連中が歩いていたりする。もちろん目的は吉原である。浪人や商家の奉公人、あるいは職人の姿も少なくない。彼らは金のかからない安い女郎を買いに行くか、ひやかしである。

日本堤の往来は昼間と夜では大違いだ。新兵衛も昔は、その土手道を歩いたものだ。しかし、その土手道でまちがいを起こして、浪人の身になったのである。もっともそれは仲間の起こした刃傷沙汰《にんじょうざた》が原因で、新兵衛自身に罪はなかった。ただ、自分が罪を犯していなくても仲間が罪を犯したら同等であるという、連座の掟《おきて》によって処罰されたのであった。

（あれももう昔のことだ……）

新兵衛は酒を飲んだ。醒《さ》めかかっていた酔いが、またぶり返してきて微酔《ほろよ》いになる。ずっとこのままの酔いを保ちたいと思う。

お米から預かった煙管は、下手人捜しの大きな手掛かりである。煙管から下手人を引きよせることができれば、探索は意外に早く終わるかもしれない。できればそうなってほしいと思う新兵衛である。

酒一杯ではもの足りず、もう一杯飲んで、勧められた菜飯を腹のなかに入れた。これで夕方まで何も食わなくても大丈夫だ。酒は切れたら、その都度補充すればよい。

幸吉の交友関係、女関係は伝七が聞き込んでいる。それによると、あやしい者はいないということだった。もっともすべてを調べているわけではないだろうが、新兵衛は煙管という強力な手掛かりをつかんでいるという感触を得ていたので、あとでやってくるはずの伝七と会うまでの間、普請方と浅草田町が揉《も》めている水路を見ておこうと思った。

その水路は土手下を流れている。土手の反対側は山谷堀である。

水は豊かであった。透明な水は清らかで、きらきらと光っている。水底には青い藻が揺れ、さっさっと動く魚の姿があった。

工事された場所の見当はついた。真新しい石垣になっているのがそうだ。棒杭《ぼうぐい》も打ち込んであるし、素人目には十分な工事がなされていると思われる。これを不服だとする町人たちの気がしれない。

水路の畔《ほとり》を辿《たど》っていくと、粗末な竹の橋があった。荒縄で組んであるだけだ。人は通れるが、馬や牛、あるいは大八車の通行は無理である。

(橋は流されたままか……)

水路の上流と下流を眺めた。ここに橋がないと、難儀する者が多いと察せられる。せめて橋だけでも早く架けるべきだと思った。町人らが勝手に橋を架けることはできない。下級幕臣であった新兵衛にもそれぐらいのことはわかっている。

橋は二間ほどの水路に架けるだけだから造作ないはずだ。次郎左もこのことは知っているはずだが、何も聞いていなかった。

水路をあとにして自身番を訪ね、幸吉の件をいくつか訊《たず》ねてみたが、その後下手人につながるものは何もないという返答である。調べは進んでいない。

そうこうしているうちに、昼になった。そろそろ伝七がやってきてもよいころ合いだと思うが、捕り物に手こずっているか、それとも下手人を逃がした、あるいは岡部久兵衛の調べに立ち合っているのかもしれない。

（気長に待つか……）

新兵衛はなんとしてでも伝七に会って、例の煙管《キセル》のことを話したかった。暇をつぶすために、目についた蕎麦《そば》屋に入った。

昼時とあって、店は立て込んでいた。近所で普請仕事をしている大工や左官が目立った。新兵衛は店の隅に腰を据えて酒を注文し、蒲鉾《かまぼこ》を肴《さかな》にゆっくりやりだした。

ふと、末のことを思いだした。

恵まれない家で育ち、江戸に出てきたはいいが、あまりいい思いはしていないようだ。しまざき屋に目をかけられたことで、運がよいほうに変わればいいと、他人《ひと》事《ごと》ながら祈るしかない。それにしても、昨夜、末が迫るように体を寄せてきたのには驚いた。

あのときの潤んだ目。手を引きよせられたときに触れた、末の胸のふくらみ……。

（もったいないことをしたか……）

そう思って苦笑と自嘲《じちょう》のまじった笑みを浮かべたとき、そばに人の立つ気配があった。

「お侍、ちょいと話をさせてくれますか」

四

新兵衛は口許《くちもと》で盃《さかずき》を止めたまま男を見た。紺股引《ももひき》に着物を尻端折《しりはしょ》りし、腰に房なしの十手を差している。すぐに岡っ引きと知れた。そばにいるのは下っ引きだろう。

「なんだ」

新兵衛はそういって盃をほした。

「ここじゃ他の客の迷惑だ。表で話をさせてもらえますか」

言葉は丁寧だが、有無をいわせぬひびきがあった。

「ひょっとしてこの町を預かっている萬作というのがおぬしか？」

岡っ引きの眉《まゆ》がぴくっと動いた。細身の体に合わせたように面長の男だった。年のころは三十代後半だろう。

「そうです。騒ぎは起こしたくないんで、表へ……」

新兵衛はひとつ大きなため息をついて、萬作のあとにしたがった。

表に出て向かい合うなり、

「なぜ幸吉のことを嗅《か》ぎまわってるんです。どこのどなたか存じませんが、こっちは町方の十手を預かっている身。下手なことをすれば、黙っちゃいませんぜ」

と、鋭くにらんでくる。

「田原町の伝七のことは知っているな」

「……へえ」

萬作は眉宇《びう》をひそめた。

「おれは伝七の助で動いているだけだ。おまえの邪魔をするつもりはない。だが、幸吉殺しの下手人を早く捕まえたい気持ちは、おまえもおれも、そして伝七も同じはずだ。それとも手柄を独り占めしたいとでも申すか」

「そんなことは……。名を教えてもらえますか？」

「曾路里だ。曾路里新兵衛」

「めずらしい名ですね」

萬作は剣呑《けんのん》な態度をやわらげた。

「よくいわれる。それより、幸吉殺しについてわかったことはないか？」

新兵衛は煙管のことは黙っていた。こっちは先に伝七に話すのが筋である。

「引っかかりのありそうなやつはまだいません。しいていえば、幸吉はこの町の五人組の一人で、普請方の使いとごたついていたと耳にしておりましてね。もし、そうならあっしらの出る幕じゃない。相手が幕臣なら手は出せませんせん」

町奉行所は幕臣への調べはできない。調べるとしても面倒な手続きを要する。萬作もその辺のことは心得ているようだ。

「その普請方の使いは、浜野次郎左という。幸吉が殺されたころ、浜野はおれといっしょにいた。七蔵という家主がそのことは知っているはずだ」

萬作は鳩が豆鉄砲を食らったような目をして、下っ引きと顔を見合わせた。

「それは聞いちゃおりませんでした。そうだったんですか。いや、邪魔しちまって申しわけありませんでした」

萬作は下っ引きを連れて行こうとしたが、新兵衛はすぐに呼び止めた。

「幸吉に女の影は……」

ゆっくり振り返った萬作は、ありませんと首を横に振った。


末は木戸口にある長床几《しょうぎ》に座って、目の前を行き交う人々を眺めていた。お定の長屋の表だった。朝からずうっとそうしているのだ。昨夜、明日の昼には和兵衛が来るといっていた。だから待っているのだが、待ち人こずの待ちぼうけを食らっている。

(遅いな……)

末はときどき、通りの遠くに目を向けたが和兵衛の姿はいっこうに見えない。それにしてもいろんな人がいると思う。暇にあかせて、目の前を行きすぎる人たちを眺めているのだが、なんだか自分が一番みじめなような気がする。

町角で立ち話をし、何が面白いのかわからないが、笑い声をあげる女たち。愛《あい》嬌《きょう》を振りまいて客を送り出す商家の手代。棒手振《ぼてふり》を呼び止めて、もう少し負けろと値切っている隠居老人。

奉公人を連れて歩く商家の主《あるじ》。胸を張って歩く侍。剽軽《ひょうきん》な魚屋がぼやきながら、金を受け取っている。誰もが、幸せそうに見える。使いに出された丁稚の顔も輝いているし、煎餅《せんべい》屋の売り子の少女は楽しそうだ。

末は唇を噛《か》んで、どうして自分には運がないのだろう、どうして辛《つら》いことばかりあるのだろうかと思う。貧乏はいやだ。きれいな着物を着て、うまいものを遠慮なく食べられるようになりたい。金に困らない生き方をしたいと、幼いころから思ってきた。

だが、現実はそうなっていないし、おもしろくないことばかりだ。

薄汚れたなりでものをもらって歩く男がいた。ぺこぺこ頭を下げて、慈悲を請うように金をねだっている。見苦しいと思った。

汗と埃《ほこり》にまみれた黒衣をまとい、笠《かさ》を被《かぶ》り、チーンと鉦《かね》を鳴らして一軒一軒を訪ね歩く願人坊《がんにんぼう》がいた。店先でお経を唱え、喜捨を受けている。店にとっては迷惑だから、さっさと小銭がわたされる。願人坊は無表情に頭を下げてつぎの店へ移る。

「あっちへ行け」

と、まるで犬か猫のように追い払われることもある。願人坊はすごすごと別の店へ行く。ある店では水をかけられたが、願人坊は無表情に頭を下げてまたつぎの店へと歩いていった。罵声《ばせい》も水も、願人坊にとっては喜捨なのかもしれない。

末は何が楽しくてあんなことをしているのかと、気が知れない。きれいな着物を着て、しゃなりしゃなりとすました顔で歩く町娘がいた。

末はにらむようにその娘を見た。嫉妬《しっと》と羨望《せんぼう》が胸の内に渦巻く。同じ人間なのに、同じ女なのに、どうしてこんなに違うの——。

（生まれ……）

どうして貧乏な家に生まれたのだろうかと、天を呪いたくなる。

「お末」

突然の声に、びっくりして顔をあげると、和兵衛がそばに立っていた。

「待っていたのかい？」

「へえ、旦那《だんな》さんが遅いんで……」

末はしおらしい顔になっていった。

「いろいろと忙しくてね、昼飯は食べたかい？」

末が首を振ると、和兵衛はついてきなさいといって、小ぎれいな蕎麦《そば》屋に連れて行ってくれた。好きなものを食べろといわれたが、遠慮して蒸籠《せいろ》を一枚と小さな声でいった。和兵衛も同じものにした。

「おまえをうちの店にと思ったんだが……」

末はさっと顔をあげて、和兵衛を見つめた。

「やはり、うちは無理だ。奉公人は間に合っているし、それに……」

末がにらむように見ると、和兵衛は誤魔化すような笑いを漏らして、

「おまえがうちに来れば、やっぱり具合が悪い」

といって、視線をそらし蕎麦をすすった。

「どう悪いんです？」

「女の勘は馬鹿にできないからね。それに人の目は容易《たやす》く誤魔化せない。わたしはおまえとここであっさり縁を切りたくない。もっとおまえさんのことを可愛がりたい。長つづきさせたいからね」

「それじゃわたしは……」

末は心底困った顔をして、目に涙をためた。わたしはいつもそうなんだと、ぼやくようにつぶやく。運のない女だからと、低声でつづける。

「お末、そう嘆くもんじゃないよ。わたしはおまえが気に入った。女房子供がいなけりゃ、すぐにでもおまえをもらいたいぐらいさ。だけど、知り合うのが遅かった

んだ。だからといってこれで終わりってことじゃない。わたしの店は公儀御用達になれるかもしれない。そうなったらおまえを囲うことだってできる。囲われ者はいやかい……」

「旦那だったら喜んで……」

和兵衛はにっこり微笑んだ。

「今朝、幕府の偉い方が見えてね。いい話があったんだよ。それには少々物入りになるんだけど、それはそれで割り切ってやらなきゃならない。そんなこともあって新しい人間を店で雇うのはきついんだよ。その代わり、わたしがよく知っている店がある。さっき話をして来たんだが、わたしが請人になるんだったらいつでもいいといってくれている」

「どんな店です？」

末はじっと和兵衛を見た。格子窓から射し込む光が、和兵衛の片頰にあたっていた。

「この近くに気の利いた小料理屋がある。主は上方で修業してきた男で、もう大分年になるが、女将《おかみ》は……」

和兵衛は話しつづけていたが、末はもう聞いていなかった。要するに和兵衛は体よく追い払おうとしているのだ。さらに、和兵衛は決定的なことを口にした。

「おまえがそれで気に入らないんだったら、わたしは面倒見きれない。これを持って好きなところに行くんだ」

いくら包まれているのかわからないが、それは手切れの金と受け取れた。和兵衛は一方的に話すだけ話すと、

「さて、わたしは忙しいから行かなきゃならない。店には一人で行ってくれるかい。教えたとおりに行けばすぐわかる。わたしのことをいえば喜んで迎えてくれるはずだよ」

と、いって立ちあがった。

「行きません」

末はうつむいたままいった。和兵衛の表情が硬くなった。短い沈黙があり、和兵衛が大きなため息をついた。

「それじゃこれをわたしておく。あとは好きにすればいい」

すうっと、目の前から和兵衛の姿が消えた。末はじっと動かずにいたが、やがて目の前に置かれた金包みを引きよせて、中身をあらためた。

五両――。

末は悔しそうに唇を嚙んだ。

五

「二、三日は召し捕らえた下手人の調べがあるんで、手が離せねえから調べられることを調べておけというお指図です。人が足りねえのを悔やんでいましたよ。それから、新兵衛さんに世話をかけるからってこれを……」

伝七は岡部久兵衛から預かってきたものを手渡した。新兵衛には中身をあらためるまでもなく、それが金だというのがわかった。

「遠慮はいらないってことです。旦那からの心付けです。かまうことはありませんよ、素直にもらっときゃいいんじゃないですか」

「……ならば遠慮なく。しかし、他の同心がいるだろう」

「他の旦那連中もそれぞれに手がいっぱいらしいんです。人を増やしゃいいんでしょうが、あっしのような岡っ引きが口出しすることではないですからね」

伝七は短い足を片方の膝《ひざ》にのせて、十手をくるくるまわして通りを見やる。二人は浅草田町の自身番そばにある、茶屋の長床几《しょうぎ》にかけているのだった。

伝七がいうように、久兵衛が人手が足りないと嘆くのはしかたないことだった。殺しや火付けあるいは強盗などという凶悪犯罪を取り締まる町奉行所の同心は、時代によって違うが、南北合わせても二十四人前後である。これは俗に三廻《さんまわ》りという同心の花形で、定町《じょうまち》廻り・隠密《おんみつ》廻り・臨時《りんじ》廻りの各同心のことをいう。

それだけに彼らは、自分の手となり足となり、そして耳となってくれる手先を重宝し、有効活用していた。

「この町の萬作を使っている同心も動けないというわけか」

「詳しいことは聞いちゃいませんが、そういうことらしいです。それで何かわかったことはねえですか？」

「それがあるんだ」

「なんですって、先にそれをいってくれりゃいいじゃないですか」

「会うなりおまえがべらべらしゃべるから、切りだせなかったのだ。とにかくこれを見ろ」

新兵衛はお米から預かっている煙管《キセル》を見せた。

「煙管……」

「ただの煙管じゃない。継煙管と地張煙管を合わせた手の込んだものだ。雁首《がんくび》の蜻蛉《とんぼ》の彫金は、そんじょそこらにはない代物だという」

新兵衛はそういってから、お米から聞いた話を詳しく話し、浅草聖天町にある豊《ぶん》後屋《ごや》という煙管屋に、同じ煙管を作れる職人がいないかどうか聞いてもらっていると付け足した。

「新兵衛さん、こりゃあ下手人のものにちがいありませんよ。お米婆さんはその侍の顔を覚えちゃいないんですか？」

「覚えていない。年恰好《かっこう》もさっぱりだ」

「だって面と向かって顔合わせてるんでしょう」

「年だから忘れたらしい。もう七十に近いんだ。しかたなかろう」

「くそ、よりによって、こんな大事なときに……」

「悔やんでもしかたない。とにかくこの煙管の持ち主が、幸吉殺しの下手人と思っていいかもしれぬ」

伝七はしばらく考えるような目を遠くに投げて、新兵衛に顔を戻した。

「萬作に会いましたか？」

「会った。聞き込みをしているようだ」

伝七はぱちんと両手を打ち合わせた。

「新兵衛さん、そっちはやつにまかせておいて、あっしらはこの煙管の持ち主を捜すことにしましょう」

「おれもそのつもりだが、これは一筋縄ではいかぬぞ」

「なあに、一筋縄でいかねえことには慣れっこです。それよっか新兵衛さん、そうと決まりゃこんなとこで油売ってる暇はないですぜ。煙管の持ち主を捜すんです。いや、まずはその煙管の出所を捜すんです」

「江戸は広いのだ」

「かーッ、これだから呑兵衛《のんべえ》は困るんだ。あ、失礼」

伝七はぺたんと自分の額をたたいたが、悪びれたふうではない。新兵衛も事実だから何もいわない。

「何か名案でもあるか？」

「虱潰《しらみつぶ》しに煙管屋をあたるんですよ。だけど、そんなことやってちゃ何年かかるかわかりゃしねえ」

「もっともだ」

「幸吉にはあの煙管は作れなかった。だが、作ったやつは必ずいる」

「江戸の者でなかったらどうする？」

「へッ……」

「落とし主はひょっとすると上方で求めたのかもしれぬ。あるいは長崎ということもある。他人からもらったのかもしれぬ」

「そんなことといってちゃ何もできないじゃありませんか」

「それはそうだ。だが、江戸一番の煙管屋をまずあたってみるというのはどうだ」

新兵衛の一言に、伝七が目をまるくした。

「そりゃ一理あります」

「江戸一番の煙管屋だったら、腕のいい職人を知っているはずだ。何しろこの煙管は、めったに出まわっているような代物ではないようだからな」

「さすが新兵衛さん、いいことといいます。それじゃ日本橋《にほんばし》です。早速行きましょう」

「その前に、おまえの手先を使えるだけ使って、煙管屋をあたらせるんだ」

「それは、あたりまえのこんこんちきでさァ」

剽軽《ひょうきん》に応じた伝七は、そばに控えていた下っ引きの金吾を呼んで、

「おい、金吾、話は聞いていただろうが、そういうこった。これからおれがいうやつに会って指図をするんだ。ちょいとそこに待ってな。わかりやすいように書きつけてやる」

といって矢立を取り出すと、料紙に蚯蚓《みみず》のようにのたくった字を書きはじめた。

「女将、酒をくれ」

新兵衛は伝七の仕事が終わるまで、酒を飲んで待つことにした。

葦簀《よしず》越しに漏れ射す日の光が、土間に縞《しま》模様を作っていた。

六

平山宇兵衛は朝から七蔵の案内で、水路普請に関わった人足頭や石工の棟梁《とうりょう》、そして普請方から工事を請け負った商家の連中を訪ね歩いていた。

「ここが最後です」

七蔵は浅草聖天町の樽《たる》問屋の前で立ち止まった。

「石工や人足らの元締めなら話がわかるが、普請は商家もからんでおるのだな」

宇兵衛はそのことが不思議だった。国許《くにもと》ではそんなことはない。

橋普請、川普請、あるいは道普請などを取り仕切るのはすべて、作事方だった。その現場で指図をするのが、宇兵衛のような軽輩だった。

もっとも大きな工事になれば上役が出てくるが、村人のために行う工事は軽んじられているのか、おおむね作事方の下役人の仕事だった。

「この店の旦那《だんな》は名主でもありますし、人足らの手配もやっておりますから……」

七蔵の説明に、そういうものなのかと、宇兵衛は納得するしかない。

樽問屋の主《あるじ》は、色が黒く銀髪の髷《まげ》をきれいに結いあげていた。太りすぎなのか年のせいなのかわからないが、隈《くま》ができたように目の下の肉がたるんでいた。巳喜助《みきすけ》という名で、五十半ばの男だった。

「明日は水路の件で普請方の使いと話し合いをするんだが、夏の普請でかかった費用を教えてもらいたいのだよ」

七蔵は自分たちの意図をあらかた説明したあとで、巳喜助を見た。

「それは出納を教えろということですか。それだったら勘弁願いますよ。金の出し入れは商人にとってはめったに表に出すようなことじゃありません」

これまで聞いてきた者たちも同じようなことを口にした。

「費《つい》えまで教えてくれとはいわぬ」

七蔵のそばにいる宇兵衛だった。巳喜助の目が宇兵衛に向けられた。

「おぬしも商売人なら、中抜きをして仕事を振り分けているだろう。そうでもしなければ、なんの旨味《うまみ》もない。そんなことは端《はな》から承知。知りたいのは、お上からいかほどの費用が出たかということだ」

巳喜助は七蔵に視線を移して、

「この方は？」

と、訊《たず》ねる。

「申し遅れたが、普請方との話し合いに力を貸してくださる平山さまだ。そのほうに詳しい方なので、道理を通して明日話しあうことにしている。そうでもしなければ、お上の重い腰を動かすことができないからな」

「この町はそうでもないようだが、田町のほうはこの夏の洪水でかなりの被害を出している。そのほうも知っていることだろうが、町の者たちのためを思って教えてもらいたい」

宇兵衛はへりくだって巳喜助に頼んだ。

「……入金《いれがね》だけでよろしいんですね」

「それで結構」

巳喜助は浮かぬ顔をしたが、しかたなさそうに帳場に行って帳簿を持って座敷に戻ってきた。

「普請方から預け入れがあったのは、三百四十両です」

「三百四十両であるな」

宇兵衛はたしかめるようにいうと、手許の帳面に書きつけた。江戸の市民は年に三十両もあれば普通に暮らしてゆける。

「それでよろしいんで……」

「助かった」

巳喜助はほっとした顔をしていたが、宇兵衛も片頬に笑みを浮かべていた。勝算ありと踏んだのだ。それゆえに巳喜助の店を出ると、真っ先に七蔵にいってやった。

「七蔵、明日は相手の首を縦に動かしてみせる」

伝七が案内した江戸一番の煙管屋《キセル》は、日本橋南の通一丁目の東側、俗に木原店《きわらだな》というう通りの奥にあった。間口は広くないが、店構えは老舗《しにせ》としての存在感があった。屋根看板も軒の吊《つるし》看板も年季が入っていた。看板に「きせる　荒木屋《あらきや》」と書かれていた。

店に入れば、所狭しとあらゆる煙管が、整然と陳列されていた。帳場格子に座っている番頭が愛想よく迎え入れてくれ、

「ごゆっくりお選びください」

と、鷹揚《おうよう》なことをいう。たいがいの店は、客が入ってくれば、どうにか売りつけてやろうとあれやこれやの手練手管だが、荒木屋は名のある老舗らしくそんなことはしない。

「煙管を求めに来たのではない。ひとつ訊ねたいことがあるのだ」

伝七ではなく新兵衛が話をした。

「なんでございましょう」

番頭はあくまでも愛想よく、浮かべた笑みを保つ。

「この煙管であるが、この店に同じものが置いてあるだろうか？」

番頭は新兵衛から受け取った煙管をためつすがめつ見て、

「これは手の込んだよい品ですねェ。よほどの腕がないと作れないでしょう」

と、感心顔をする。

「同じものはあるか？」

「いやあ、これと同じものはございません」

「ならば、この煙管を作れる職人のことはわからぬか」

番頭はしばし視線を彷徨《さまよ》わせたあとで、お待ちくださいといいおいて、奥に消えた。戻ってくるのに時間がかかったが、戻ってきたときは目を輝かせていた。

「わかったか」

痺《しび》れを切らしたように伝七が身を乗りだす。

「これは神楽坂《かぐらざか》の伊兵衛《いへえ》さんの作だと思われます。蜻蛉《とんぼ》が彫ってございましょう。これはなかなかどうして凝った蜻蛉で、並の職人は彫れないものだそうで……」

「伊兵衛という職人は神楽坂のどこに住んでおる」

新兵衛だった。

「藁店《わらだな》だと聞いております。あのあたりに行って飾り師の伊兵衛さんの名をいえばわかるそうで。当方の主も、何度か伊兵衛さんには仕事を頼んだことがあるそうですが、なかなか頑固な人らしく首を縦に振ってもらえなかったと嘆いております。

いや得てして名人というのはそんなものでございましょう」

話半分を聞き流して、新兵衛と伝七は表に出た。

「新兵衛さん、神楽坂ならあっしがひとっ走りしてきます。一人で用は足りることです。代わりに新兵衛さんは、その辺の煙管屋をあたってもらえますか」

伝七は気の利いたことをいう。

「よかろう。だが、どこかで落ち合わなければならぬ」

「とんぼ屋でいいじゃありませんか。伊兵衛に会ったら真っ先にとんぼ屋に向かいます」

「よし、そうしよう」

七

日が傾いたかと思うと、先を急ぐように沈んでゆく。茜《あかね》色に染まっていた空も、翳《かげ》りはじめていた。鉤形《かぎがた》の群をなした雁《かり》が黒い影となって西の空に向かっていた。

新兵衛が浅草田原町に帰ってきたころには、居酒屋や料理屋の吊り行灯《あんどん》に火が点《とも》されるころだった。

とんぼ屋の軒行灯にも火が入っており、往来をあわく照らしていた。道具箱を担いだ職人や近くの勤番侍とすれ違った新兵衛は、とんぼ屋の暖簾《のれん》をくぐって店に入った。

と、がらんとした土間席で、お加代と末が何やら深刻な顔で向かい合っていた。

「新兵衛さん、悪いけど暖簾を下ろしてくださらない」

お加代は新兵衛の顔を見るなりいった。

「どうしたんだ？」

「申しわけありませんけど、お願いします。お酒なら勝手に飲んでくださって結構ですから」

あまりいい雰囲気ではなかったが、追い出されないだけましだし、酒に飢えていた新兵衛は勝手に板場に入り、酒の入っている銚子《ちょうし》を持って、いつもの小上がりに腰を据えた。

ちらりと末と目があったが、末が逃げるように視線を外してうつむく。

「どうするの？」

お加代が感情を抑えていう。その目はいつになく厳しかった。

「どうしようもないから女将《おかみ》さんを頼ろうと思ってきたんです」

「それは何度も聞いたわ。聞きたいのはこれから先どうするかということでしょう。目先のことだけで動いていちゃこの先も同じことになってしまうわよ。それになぜ、わたしを頼りたいと思ったわけ？　あなたはわたしのことをよく知りもしない。たまたま新兵衛さんに連れてきてもらっただけでしょう」

「…………」

「誰にも頼らずに、飛び込みでもいいから奉公先を探したいという心意気は買います。でも、はっきりいわせてもらいますが、あなたは考えが足りない。考えが甘すぎます。軽はずみすぎます。そうは思わない？」

ずいぶん手厳しいことをいうなと、新兵衛はあきれる。非難される末は悔しそうに口を引き結んで、泣きそうな顔をしている。

「……ここでも嫌われた」

末はふて腐れたようにいって、言葉をついだ。

「わたしはどこへ行ってもどうせ厄介者なのね」

それは独り言のように聞こえもしたが、開き直りにもとれた。

「お末」

呼び捨てにされた末はビクッと肩を動かして、お加代をにらんだ。

「何が気に食わないのです。わたしはよく知りもしないあなたを叱りたくはありません。でも、あなたには見込みがあるからいわせてもらっているんです。ちゃんとした人生を歩いていける人だと思うからいってるんです」

「何も知らないくせに偉そうなことといわないでよ。なにさ、客を騙《だま》して儲《もう》けているだけじゃない」

酒に口をつけたばかりの新兵衛は、さっと末を見た。お加代の横顔が見えるが無表情だった。末は興奮しているのか顔に血が満ちている。

「わたしが客を騙している……。あなたにはそう見えるのね。なぜ、そうだと思うの？」

「そうなんでしょ……」

お加代はやるせないように首を振り、憐憫《れんびん》のこもった眼差《まなざ》しを末に向けた。新兵衛は怒り出すのではないかと思ったが、その逆だった。

「そうね、客を騙しているかもしれないわね。安く仕入れてきたものを少し高く売って、儲けているんですからね。でも、商売というのはみなそうよ。客に売る前にはいろんな手間がかかっているし、店としての手数料もいただかなければ商売じゃないわ。ここにあるものをどうぞと、右から左に出したんじゃ商売にはならない。そうでしょう」

お加代のものいいはあくまで穏やかであった。

「………」

「お末、聞かせてくれる？　なぜ、ここに来たの？　それにはそれなりの深いわけがあるはず。きっとどうしようもなく困り果てて、この店だったら雇ってくれると思ったんでしょう。新兵衛さんもそばにいるけど、誰にも話したりしないから正直に打ち明けてくれる？　あんたは何かに苦しんでいる。その苦しみを教えてくれないかしら」

末は驚いたように大きく目をみはっていた。その目には心の揺れが感じられた。

「……なぜ、なぜ、怒らないんです？　わたし、ひどいことといったのに……」

「怒ったらそれでおしまいでしょう。心の苦しみを洗いざらい吐いたらすっきりするわよ。わたし、ちゃんと聞いてあげるから」

お加代はさらりという。

末は戸惑ったように目をぱちくりさせていたが、やがて思い切ったように口を開いた。

「ここに来たのは……裏切られないからと思ったからです。わたしは貧乏な百姓の家に生まれました。満足に食べるものも着るものもありませんでした。だから、親のツテで江戸にやってきたんですけど……」

末はそれから水茶屋で奉公したことを話した。十三のときだった。最初は客にも店の主《あるじ》にも可愛いともてはやされ、大事にされたが十五になったときに客の相手をさせられた。いやだったが、断ることはできずに、そのままずるずるとはたらきつづけた。いろんな大人が、いろんな男がやってきて去っていった。そんなことがだんだんむなしくなって、別の店に移ったが、やはりそこでも同じだった。

「わたしは女郎です。女郎と同じだったんです」

ぽつんと声を漏らす末の目に涙が光っていた。

「家が貧乏だから、わたしにはそんなことしかできない。読み書きもできないし、手に職もない。あるのはわたしの体だけ。でも、そんな自分がいやだから、しまき屋の旦那《だんな》さんを頼ったんですけど、あの人も他の男と同じだった。わたしの体がほしかったから甘いことをいって誘っただけで、都合が悪くなると手切れみたいな金をわたして、好きにしろと追い払ったんです」

新兵衛はなんとも苦々しい酒になったもんだと思いつつも、盃《さかずき》を口に運ぶ。お加代は末の話に静かに耳を傾けている。

「五両です。わたしは、この人なら頼れると思った人に、五両で追い払われたんです。わたしの値打ちってたったの五両なんです。そりゃあ五両は大金ですが、なんだかわたしという人間はたった五両なんだと……悲しいやら情けないやら悔しいやら……」

末の目から大粒の涙がこぼれた。

「女将さんも自分の値打ちが五両だったら、どう思われます。悔しくはありませんか……」

末はまっすぐお加代を見た。

「よかったわね」

「えっ……」

末はさっきより驚いた顔になった。

「五両は大金じゃない。わたしにそんな大金をくれる人はいないわ。行きずりの女だからって、めったにあることではないでしょう。しまざき屋の旦那さんは体面を保つためにそうなさったのかもしれない。でも、それはあなたにとってよかったのではないかしら。よく考えてごらんなさい。もし、あなたがそのまましまざき屋の旦那さんに面倒を見てもらうようになったとしても、結局あなたには何も残らないはず。いずれは同じことになるかもしれない。そう考えれば、気が楽でしょう。でも、あなたは一心に貧乏から這《は》い上がろうとしているのね。若いうちに世間の裏表を肌で感じてきたあなたは、もっとよくなりたい、自分を高めたいと思っている」

「…………」

「金持ちや幸せそうな人を見ると羨《うらや》ましいと思う。ひねくれて妬《ねた》んだこともあったでしょう。でもね、自分の幸せってなんでしょう。よく考えたことあるかしら。……人の幸せはお金ではないのよ。幸せは自分で作り出すものなの。そりゃあ貧乏は誰でもいやです。でも、自分に見合わないことを望んでもかなうものではないはず。自分にはいま何ができるのか、何をすればいいのか、そのことをよく考えなければいけないいんじゃないかしら。でも、苦しんでいたのね。辛《つら》かったのね」

「女将さん……」

末は声をふるわせて、目の縁に涙を盛りあげたと思ったら、飯台に突っ伏すなり肩を波打たせ、堰《せき》を切ったように泣きはじめた。

新兵衛はお加代を見直すように眺めた。

（いいことをいいやがる）

まずかった酒が急にうまく感じられた。

「ごめんなさい。堪忍してください。わたし、女将《おかみ》さんに……まさかそんなことをいわれるとは……わたしが悪かったんです。女将さん……」

そういって泣きつづける末を、お加代は静かに眺めていた。泣くだけ泣かせるつもりのようだ。新兵衛はそっと酒を飲みながら、自分を訪ねてきた末のことを思いだした。媚《こ》びを売るように、体をすり寄せて来たときのことを。

「女将さん、やさしいんですね。わたし生まれて初めてです、こんなやさしいことをいわれたのは……どうして、そんなに……」

末は泣き濡《ぬ》れた顔をあげて、お加代をまっすぐ見た。

「わたしも苦しんだことがあるからよ。人はみんな同じようなことに苦しんで生きるのよ。でもそこでまちがった道を選ぶか、正しい道を選ぶかで、その人の生き方が変わるんじゃないかしら。わたしのいっていることはわかるかしら」

「……はい」

末は涙をぬぐってうなずいた。

「今日は行くところないんでしょう。狭いところだけど、この店に泊まっていきなさい。明日からのことはまたゆっくり話しましょう」

「ありがとうございます」

末が深々と頭を下げたとき、がらりと戸が開き、ぎょろ目の伝七が現れた。

「なんだ、暖簾《のれん》が上がってねえぞ」

「伝七、店は終わりだ。表で待っておれ」

新兵衛は気を利かせて腰をあげた。それからお加代を振り返り、

「今夜の酒は妙にうまかった」

といって、表に出た。

「なんです。なんかあったんですか?」

伝七が怪訝《けげん》そうな顔をして聞いてくる。

「たいしたことじゃない。それよりどうだった? おれのほうはなんの引っかかり

「わかりましたよ。ですが、伊兵衛という飾り職人は半年前に死んでおりやした」

「死んでいた……」

「へえ、今年の春、ぽっくり逝《い》っちまったそうです。ですが弟子があとを継いでおりやしてね。その煙管《キセル》だったら、深川《ふかがわ》の芸者に頼まれたというんです。名を音吉《おときち》といいやす」

「音吉……」

つぶやいた新兵衛は、星の降るような空を見あげた。

もなかった」

第五章　尾行者

一

浜野次郎左と浅草田町の五人組との話し合いに、行かなければならない日だった。大事な席であるから酒を控えておこうと思うが、呑兵衛《のんべえ》の新兵衛は辛抱たまらず、ちびりちびりと飲んでいる。

量り売りの酒をたんまり買い込んでいるので、つい手がのびてしまうのだ。

腰高障子からあわい光が家のなかを満たしていた。表には騒がしい子供の声と、おかみ連中の高笑いがある。一匹の蝿が家のなかを飛びまわっていた。その蝿を目で追いながら、昨夜伝七にいいつけたことを思いだした。

煙管を伊兵衛に注文したのは、深川の芸者・音吉だった。だが、音吉が幸吉を殺したというのは考えにくい。すると、音吉が注文した煙管を下手人に贈ったのかもしれない。あるいは客に盗み取られたというのも考えられる。

また、盗まれた煙管が人から人の手へわたってゆき、下手人が持っていたのかもしれない。いずれにしろ音吉への探りには用心しなければならない。もし、音吉と下手人が密接な関係であれば、逃げられる恐れがある。その辺のことを踏まえて、慎重に音吉と話をしろと、新兵衛は伝七に指図していた。

足音がして、戸の向こうで人が立ち止まった。

「新兵衛さん、入りやす」

そういって姿を見せたのは、金吾だった。

「どうだった？」

「へえ、幸吉は深川に遊びに行ったことはないようです。まして、芸者遊びをするような男じゃなかったと誰もが口を揃えていいます」

「うむ、ご苦労であったな」

「いえ」

「それで煙管屋のほうだが、どうだ？」

「へえ、昨日と同じようにあっしの仲間にあたらせておりますが、あれと同じ煙管を置いてある店はないようです。今日も調べますが、やっぱり音吉の客かもしれませんね」

「ふむ、それはどうだかな……。とにかく伝七が待っているはずだ。おれも用事がすめば、おまえたちと落ち合うようにする」

金吾が出ていって間もなくして、浜野次郎左がやってきた。

「ちょいと早いですが、ぼちぼちまいりますか」

「うむ、向こうも待っているかもしれぬからな」

新兵衛は飲みかけの酒をほしてから、次郎左といっしょに長屋を出た。

昨日に比べ雲の多い日だった。そのせいか、いつになく町屋の風景が寒々しい。

「今日はやつらの首を縦に振らせなきゃなりません。何がなんでもそうさせますからね。曾路里さん、いざとなったら少々脅してもかまいやしませんよ」

「まず話し合いが先だろう」

「こっちがおとなしくしていれば、どんどんつけあがるやつらです。やつらがお上の指図に盾突いてるということを忘れないでください」

「…………」

新兵衛は黙って歩いた。

七蔵の家に行くと、すでにみんなは揃っていた。幸吉が欠けたので四人ではないかと思っていたが、一人の男が加わっていた。侍だ。

座敷にあがって、浅草田町の五人と向かい合うと、新兵衛と侍の目があった。理知に長《た》けた顔つきだ。身なりはさほどよくないが、姿勢はよい。

「そちらにおられるのは、まさか用心棒ではなかろうな」

次郎左が七蔵らを眺めて、揶揄《やゆ》するようにいった。口辺に嘲《あざけ》るような笑みを浮かべている。応じたのは七蔵だった。

「幸吉が不幸にあいまして、もう一人立てなければなりませんが、間に合いませんで」

「そんなことは聞いておらぬ」

次郎左は切り捨てるように遮った。

「こちらにおいでなさるのは平山宇兵衛さまとおっしゃいまして、わたしの家の店《たな》子《こ》でございます。此度《こたび》の件で力を貸していただくことになりまして……」

「さようか。ま、どうでもよいが、普請方の申し出には納得してもらわなければならぬ。いい加減手を焼かせるな。下奉行も堪えていらっしゃるのだ。おぬしらが不満だという普請は、いずれ行われる。やいのやいのとせっつかれてもできるときと、できないときがある」

「そのことは何度もお聞きしておりまして、普請方のお考えはわかっているつもりでございます。しかしながら再度の水路普請をいつやっていただけるのか、それを教えてもらいたいんでございます。むろん、いろんな事情もありましょうから、はっきりした期日は決められないでしょうが、おおよそのことを伺えれば、町の者も安心すると思うのです。てまえどもは、そのことをお約束していただきたいんでございます」

「わかっとる、わかっとる。これじゃ鼬《いたち》ごっこで同じことの繰り返しだ。普請方は普請はやるが、いついつといまは決められぬといっているだけのことではないか。それをやいのやいのというから、面倒なことになっているのであろう。それともおぬしらはお上の指図にしたがえぬと申すか。もしかようなことであれば、お上に盾突く反逆としてただではすまされぬぞ」

「決して盾突いたりしているのではございません。あの普請ではどうにも心許《こころもと》ないので……」

「待たれよ」

七蔵を遮ったのは平山宇兵衛だった。

「拙者が話そう」

と、いって次郎左を見た。

「まず、お訊《たず》ねするが、そこもとは普請方のお役人であろうか？」

宇兵衛はまっすぐ次郎左を見た。

「みどもは普請下奉行・角田省右衛門さまの使いである」

「使いであるがお役人ではない。そういうことでございましょうか？」

宇兵衛の目は穏やかであるが、まっすぐ次郎左に向けられている。次郎左が新兵衛を見てきたが、新兵衛は黙っていた。

「ま、普請方の助と思ってもらえればよい」

「それはおかしいですな。こともあろうに幕府普請方が、配下の役人でもない者を使いに出すとは解せないことです。本来ならば普請方の役人がこういった交渉ごとには出向いてくるのが筋ではございませんか。それがそうではないというのには、何か深い事情でもあるのでしょうか」

「何を申す。何事にも異例はあるものだ。それにかような些末《さまつ》なことに、忙しい役方が出向くのが面倒なだけであろう」

「些末とは失礼千万。あの水路は人の財産や命に関わること。水路から引き込む用水も涸《か》れているゆえ、田や畑の作物も育たなくなっている。軽んじておれば、夏の被害よりさらなる被害の出ることが懸念されるのです」

「大袈裟《おおげさ》な……」

鼻で笑うようにいう次郎左を、宇兵衛はにわかに頬を紅潮させてにらんだが、大きく息をして、気を静めようと努力した。付添人になっている新兵衛は、二人のやり取りを聞きながら、どうにも解せなくなった。宇兵衛のほうが道理を通している。

「ま、それはよいでしょう。では、申しますが普請方には、この夏の被害がいかほどであったか伝わっているんでしょうな。死者は十八人、怪我人は三十八人、そして流された商家や長屋を入れて三十六棟。いまだ住む場所がなく、知り合いの家に身を寄せている者が五十余名います」

「そんなのはわかっておる」

宇兵衛は次郎左には取りあわずにつづけた。

「伝わっているのなら結構です。では、普請方はいかほどの費用を、水路普請のために用意されたのでしょう？」

「それは……」

次郎左は口ごもった。

「お使いにはわかりませぬか。なるほど、では申しますが、普請方がこれまで水路に使われた金高は……」

宇兵衛はそういってから、手許の書き付けを開いて、事細かな数字を述べていった。新兵衛にはちんぷんかんぷんだが、次郎左も戸惑いを隠しきれない顔をしている。

「いま申した数字は、町で請け負った名主や人足の元締めに下りた金です。むろん、名主や元締めも幾ばくかの利益を抜いておりますから、実際、普請に使われた費用はこちらです。すべてのことが書かれてありますので、どうぞ差しあげます」

宇兵衛は次郎左にその書面をわたした。

「そこで、わたしが検分いたしましたところ、あの普請はその費用ではとても間に合うものではありません。現に普請にあたった人足らに話を聞いたところ、みな口を揃えて普請費が少ないので満足な仕事はできなかったと申しております。つまり、やっつけ仕事しかできなかったと。あわせて、橋の架け替えも行わなければならないはずが、その費用も出ていなかったと申します」

「そんなことを……みどもにいわれても……」

次郎左は窮していた。

「ともかく、普請はやりなおさなければ、また来年の雨で水路が壊れるのは必定。いまのうちに手落ちのない普請に取りかかるのが肝要でしょう。また、普請下奉行から下りてきた普請費が、幕府から付与された公金と差違があれば、これはまことに面妖《めんよう》なことです。ついては、これにある書面を付け普請奉行に言上奉るか、勘定奉行にお伺いを立てなければなりませぬ。いや、普請下奉行さまの返答次第ではそれはやむを得ぬこと。多くの罪もなき民が、公儀のずさんな普請によって、またもや命を奪われることになったらことであります」

次郎左はすっかりやり込められ、返す言葉も浮かんでこないようだった。

「おわたしした書面はどうぞお持ち帰りいただき、早速にも普請下奉行さまに先の件を申し伝えてもらいたく存じます。控えの書面はちゃんと手許にありますゆえ」

新兵衛は黙り込んでいる次郎左に、

「いかがする」

と声をかけた。

「出直しだ」

次郎左は憤った顔で、蹴《け》るように立ちあがると、そのまま七蔵の屋敷を出た。

新兵衛もあとを追いかけたが、次郎左は黙々と歩くだけである。しかし、しばらくすると、呪うようなつぶやきを漏らした。

「あの野郎、人を見下したようなことをいいやがって。こっちを舐《な》めてかかっておる。ふざけたことを……」

「だが、平山殿の申したことは理にかなっている」

「なんですと……」

次郎左はキッとした目で新兵衛を見た。

「あれが道理だ。おぬしはそのまま角田さまに伝えればよいではないか」

「曾路里さん、あやつらの肩を持つ気ですか。あの平山宇兵衛というやつは、角田さまがあたかも横領でもしたようなことを申したのですよ。侮辱ではありませんか」

「まあ、そういう受け取り方もあろう」

「なぜ、みどもに助け船を出してくれなかったのです。そのために曾路里さんについてきてもらっているんです。そばにいるだけで、あんたは何もいわなかった。酒臭い息を吐いて黙っているだけで、まったくの役立たずではないですか」

次郎左はぞんざいな口調になって新兵衛を責めた。

「役に立とうにも、先方のいうことに感心していたからな。あの平山という御仁はまちがったことはいっておらぬ」

「な、なんと……」

次郎左は立ち止まると、奥歯をぎりぎりいわせて新兵衛をにらみ、

「おれがまちがっていた。あんたなら頼りになると思ったが、とんでもなかった。ええい、忌々しい。もうあんたは用なしだ！」

と、怒鳴るなり足許にペッとつばを吐き、そのままずんずんと歩き去っていった。

二

大手門《おおてもん》を入り、まっすぐ行けば二《に》ノ丸御殿《まるごてん》に通じる下乗御門《げじょうごもん》となるが、左に折れると、そこはちょっとした広場になっている。椎《しい》や樫《かし》の木、あるいは欅《けやき》や楠《くすのき》が空に向かって伸びている。野原には枯れ葉が散っていて、ときおり風に舞いあげられて

いた。

その広場の東側の土手下には桔梗堀《ききようぼり》があり、どんより曇った空を映していた。その土手上の腰掛けに、角田省右衛門と渡辺統一郎《わたなべとういちろう》は肩を並べて腰をおろしたところだった。

統一郎は出納をあずかる普請方改役である。役高は角田と変わらないが、役扶持《ぶち》と手当金がわずかに少ない。それに、角田は御目見であるが、統一郎は御目見以下である。つまり御家人身分なので、いま以上の出世を望める身分ではなかった。

「何かお困り事でも……」

統一郎は角田に顔を向けた。

「うむ。この夏の浅草田町の水路普請がごたついて、難儀しておるのだ。どうにかしなければならぬが、うまく捗《はか》がゆかぬ」

「どういうことでございましょう?」

統一郎は怪訝《けげん》そうな顔をする。角田は身の安泰をはかるために、地固めをしなければならなかった。幕閣内でこの件を打ち明けられるのは、統一郎しかいない。

「普請費用のことだ。浅草田町の水路にはそれ相応の金を出した。それで間に合うはずだった。そうであるな」

「はは、角田さまの意向に添うよう取り計らったつもりでございますが、不足しておりましたか？」

統一郎は顔をこわばらせた。

「いや、あれはあれで仕方がなかろう。おぬしにもそれ相応の礼をした。そうであるな」

「はは」

統一郎は畏《かしこ》まった。

「あの普請に不満の声が出ておる。穏やかに収める算段をしておるが、町の者らは強情らしい。いざとなったら、もう一度普請をしなければならぬ。そうなったときのことだが、普請費を都合できるかどうか、それを知りたいのだ」

「あらためての費用は難しいかと存じあげます」

「そこを何とかしてもらいたいのだ」

統一郎は遠くに視線を投げて、しばらく黙っていた。角田はその横顔を見て、うまい知恵を貸してくれと、胸の内で祈った。

「新たに勘定方に普請費を求めるとなると、その仔細《しさい》を申しあげることになります。そうなれば、夏の公費の使い道が委細調べられるかと……」

それは困る。統一郎も同じ立場にあるから、顔色を変えた。

「そこを何とかできぬかと相談したいのだ。もし、もしものことがあれば、わしもそなたも安泰ではおられぬ」

「それほどまでに差し迫っているので……」

「おそらく大丈夫であろうが、こういったことは先に手を打っておかぬと、あとで取り返しのつかぬことになる」

「はは……」

また統一郎は考えに耽《ふけ》ったが、すぐ何かに思いあたったらしく、はっとなって顔をあげた。

「少しずつではありますが、よその普請方にまわっている公費をつまむことはできるかと……」

「できるか？」

角田は目を輝かせた。

「して、いかほどお入用で……」

「それはこれから調べるが、おそらく一千両近くかかるやもしれぬ」

「千両……」

「無理であるか？」

「さあ、それは算盤《そろばん》を弾《はじ》いてみなければ、なんともいえませんが、いささか額が……」

「そんなことをいっている場合ではないぞ。首がつながらなくなったらいかがする。そもそも、中抜きができると申したのはおぬしなのだから」

角田は遮って、統一郎を責める口調になった。

「いや、それは角田さまのご意向があったからではございませんか」

「受け取り方が悪いのだ。だが、もうそのことをとやかくいってもはじまらぬ。金が拵《こしら》えられるかどうか、その算段をしてもらう。うまく出来れば、それに越したことはない。わしのほうでうまく収めることができれば、おぬしが新たに拵えたものは宙に浮く。その使い道はまた、おぬしと……」

角田はふふふと、意味深な含み笑いをしたが、すぐ真顔に戻った。

「とにかく算段できるかどうか、それをやってくれ。わかったな」

「はは。なんとかいたしましょう」

応じた統一郎は暑くもないのに、汗をかいていた。

「わしはこのまま下城して屋敷に帰る。遅くなってもかまわぬから、算段できるかできぬかその旨がわかり次第知らせてくれ」

角田はさっと立ちあがると、あとは振り返りもせず待たせている供のところへ足早に歩いていった。

二軒目の置屋から出てきた伝七は、馬場通《ばばどお》りに戻ると、一の鳥居の下で金吾を待った。

落ち着かなげに通りの左右を見て、空を見あげた。重そうな雲がたれ込めているが、雨雲ではない。

もう一度通りに目を向けたとき、深川八幡《はちまん》方向に向かう人波をかきわけるようにして、金吾が駆けてきた。

「わかったか」

「へえ、音吉は一年前に足を洗って、小網町《こあみちょう》のほうに移り住んでいるといいます」

「小網町のどこだ？」

「話すより案内したほうが早いでしょう。あの辺のことならおれの庭みたいなもんです」

「だったら、さっさと行くんだ」

伝七はそういって先に歩きはじめた。金吾が慌てたようについてくる。

「親分、音吉の家に捜している下手人がいたらどうしやす？」

金吾は不安そうだ。

「まだ、そうと決まったわけじゃねえ。男がいたってうまく話をすりゃいいことだ。だが、まあ相手を見てからだ」

伝七は勇を鼓していた。仕えている岡部久兵衛がいない間、自分の手で手柄をあげてみたいという気持ちを強くしていた。久兵衛に褒められたいがためではない。岡っ引きとしての実績を積んでおきたかった。

浅草田原町界隈《かいわい》で「親分」と呼ばれているが、伊達《だて》に呼ばれるようじゃまだ一人前ではない。ちゃんとおれにもこれだけのことができるのだということを示しておきたかった。

伝七と金吾は、永代橋《えいたいばし》を急ぎ足でわたる。天秤棒《てんびんぼう》を担いだ振り売りや、背負子《しょいこ》を担いだ行商人、そして徒党を組んだ侍たちとすれ違った。

橋の下を流れる大川は曇った空の下で、鈍い光を放っている。下ってきた筏舟《いかだ》がつづけざまに仙台堀《せんだいぼり》に吸い込まれていくのが見えた。

「小網町のどの辺だ？」

「二丁目のお稲荷さんのそばです。雅楽頭《うたのかみ》さまの屋敷のそばです」

雅楽頭とは、姫路《ひめじ》藩主・酒井《さかい》忠学《ただのり》のことだ。金吾は伝七に使われる前は、小網町界隈で鏡研ぎをやっていた手前、土地鑑があった。

神楽坂の飾り職人・伊兵衛に蜻蛉《とんぼ》の煙管《キセル》を注文した音吉は、金吾がいうように明星稲荷《みょうじょういなり》のすぐそばの長屋に住んでいた。店賃《たな》の高い二階建てだ。

腰高障子に「端唄《はうた》・三味線」と書かれているので、その師匠でもしているのだろう。

「ごめんよ」

伝七が声をかけると、甲高い返事がすぐにあった。伝七はかまわずに戸を引き開けた。

「深川にいた音吉っていうのはおめえさんのことかい？」

いいながら三和土《たたき》に入った。

「さいですが……どこぞの親分さんですね。何かございましたか……」

女は自分のことを音吉と認めてから、伝七と金吾を値踏みするように見た。

「おれは浅草田原町を預かっている伝七というが、神楽坂の伊兵衛という飾り職人のことで話を聞きてえ」

「まあ、懐かしい名前。伊兵衛さんがどうかしましたか？」

音吉は辰巳《たつみ》芸者として深川で幅を利かせていたころの色を落としている。口調も穏やかであれば、化粧も薄かった。ただ、薹《とう》の立った三十大年増ではあるが、容色の衰えはないようだ。薄情そうな薄い唇が難かもしれないが、皮膚は透きとおったように白く、目許《めもと》が涼しい。

「伊兵衛はこの春死んじまったんだが、その弟子で癖の悪い男がいるんだ。どうしようもねえ悪でな」

適当な嘘だった。

「伊兵衛さん、お亡くなりになったの。それはちっとも知らないことで……あ、いまお茶を……」

「いらねえ、いらねえ」

伝七は鼻の前で手を振って断り、言葉をついだ。

「おれが捜しているその弟子ってやつは、伊兵衛の作った煙管やら簪《かんざし》やらを持ち逃げしてやがるんだ。その中には手の込んだ蜻蛉の煙管があるという」

伝七は必死に考え抜いたことを口にしていた。うまい作り話だ。

「蜻蛉の煙管……」

「それと同じものをおめえさんが持っていると耳にしたんだ」

「あの煙管と……」

音吉は目をしばたたいた。

「やっぱりおめえさん、持っているんだな。それを見せてくれねえか」

「見せろといわれてもねえ。でも、あの蜻蛉の煙管はわたしが、月並みなものじゃいやだから伊兵衛さんに無理を頼んで拵えてもらったものですよ。それじゃ、もう一本作ったのかしら……」

「一本作ったのか十本作ったのか知らねえが、本物を見てえんだ」

「そうおっしゃっても、もうないんです」

「ない……どういうことだい？」

「あれはわたしの大事な人にあげるために作らせたもので、その人にあげてしまったんです」

「大事な人ってェのは、情夫《まぶ》ってことかい？」

伝七は家のなかを素早く見まわした。開け放された奥の六畳には、書見台と文机、三味線がある。土間の脇に二階に通じる梯子《はしご》がかかっていた。上がり框《がまち》には男物の履物はなかった。二階も静かで人のいる気配はない。

「まあ、はっきりいえばそういうことです」

侠気《きょうき》を売りにしていた辰巳芸者のわりには、照れたように頬を染めた。よほどその男に惚《ほ》れているようだ。

「そりゃあどこの誰だい？」

「あの人に会うんですか……」

「煙管をこの目で見てみてえからな」

「困ったわね。このところ忙しいからといって姿が見えないのよ」

「どこにいるかわかりゃおれのほうから出向くが……」

伝七は目を輝かせている。

「それが居所がはっきりしないんで困るんですよ。浮き草稼業だといっては、ふらりとやってきて、ふらりと出て行ったらいつ帰ってくるかわかりゃしないし……」

「ここに住んでいるのか？」

「いいえ、住んでいるのは神田《かんだ》のほうです」

「名はなんという？」

「宮竹征志郎《みやたけせいしろう》といいます……」

「侍か？」

「昔はさる旗本のお屋敷で剣術の手ほどきをされていたんですが、いまはあちこちに出向いて教えておいでです」

「剣術の手ほどき……」

こりゃあ一筋縄じゃいかないなと、伝七はわずかにひるんだ。

「とにかく会って、その煙管を見てえんだ。住まいを教えてくれ」

音吉は疑うこともせず、宮竹征志郎の住居を口にした。

「金吾、下手人のことが十中八九わかったぜ」

音吉の家をあとにするなり、伝七は気負った目を金吾に向けた。

「だけど、親分。相手は手練《てだ》れの刀使いのようですぜ」

「なに、新兵衛さんをつけておきゃどうってことねえだろう」

三

夕七つ(午後四時)の鐘を聞いたあとで、空に日が射してきた。雲はいつしか流され、空にはうろこ雲が散っている。日の傾きはこれから拍車をかけたように早くなる。

新兵衛は妙なことになったと、待乳山の粗末な煮売り屋の縁台で、ちびちびと酒を飲んでいた。赤く色づいた葉をところどころにつけた痩《や》せ木を眺めながら、

(これはおれとしたことが浅慮であった)

と、反省していた。

考えてみれば、浜野次郎左は因縁を付け喧嘩《けんか》を売ってきた男。それが掌《てのひら》を返して、助をしてくれといった。

(ずいぶん安請け合いをしたものだ)

新兵衛は苦々しい顔で酒を舐《な》めるように飲んだ。

浅草田町の五人組のいい分と、普請方のいい分を聞けば、町の者たちのほうが道理にかなっている。さらに平山宇兵衛という侍のいったことは、筋も通っているし、理にかなっている。どう考えても普請方に落ち度があったとしか思えない。

それに次郎左は普請下奉行の使いである。当初から首をひねることではあったが、深く考えもせず、そういうこともあろうかと納得していたが、やはり解せぬことだ。聞けば、次郎左は普請下奉行・角田省右衛門の家来でもなければ下役でもない。

あの水路は幕府にとっては、取るに足らぬものかもしれない。見過ごしたとしても、さほどの害にもならないだろう。ところが、町の者たちにとっては、死活問題になる一大事。軽く見られては困るから、あの五人組は必死に訴えているのだ。

それも再三の訴えに対して、役人でもない次郎左が使者に立たされているのがおかしい。

今日の話し合いのなかで、平山宇兵衛はいった。

――普請下奉行から下りてきた普請費が、幕府から付与された公金と差違があれば、これはまことに面妖《めんよう》なことです。

（ことはそこにあるのかもしれぬ……）

深く考える目つきで遠くを見る新兵衛は、残りの酒を飲みほすと、

（伝七に会わなければならぬな）

と、こっちのことも忘れてはいない。酒が入ったほうがしっかり頭がはたらくから不思議なものだ。それに、末のことも心の片隅で気にしているのであった。

とんぼ屋で待っていれば、いずれ伝七もやってくるはずだ。新兵衛の足は自ずと

蛇骨長屋に向かった。

やはり日の暮れは早く、とんぼ屋につくころには暮色が濃くなっていた。夕餉時《ゆうげ》にもう一稼ぎしようという棒手振《ぼてふり》たちが、路地から現れ、また別の路地に消えてゆく。早仕舞をした職人たちも家路を急いでいる。

とんぼ屋はまだ暖簾《のれん》をあげていなかった。開け放してある戸を入ると、土間席でお加代が仕込みをしていた。

「ご用はもうおすみ」

お加代はちらりと新兵衛を見ただけで、南瓜《カボチャ》をザクッと二つに切った。そばの笊《ざる》には蕪や里芋、椎茸《しいたけ》、青唐辛子、栗などが入れられていた。

「まだ終わっておらぬが、伝七があとからやってくるはずだ」

「それまで暇つぶしね。待ってください。いま持ってきますから」

腰をあげて板場に下がるお加代を見送った新兵衛は、小上がりに腰を据える。

「今夜は栗飯を作りますから、新兵衛さんもあとで食べてくださいな」

板場からお加代が声をかけてくる。

「それは楽しみだ。ところでお末はどうした？」

「それそれ……」

お加代は酒を持ってきながらいう。新兵衛の前に座ると、酌をしてやってから、言葉をついだ。

「わたしもあんなことをいった手前、何もしないわけにはいかないでしょう。そこで、岩田屋《いわたや》の旦那《だんな》さんのところに連れて行ったんです」

「ほう清左衛門《せいざえもん》さんの店に……」

浅草花川戸《はなかわど》の明樽《あきだる》問屋の主《あるじ》で、町名主もやっている男だった。

「もし、人が足りないようだったら雇ってもらえないだろうかと頼んでみたんです。すると、あの旦那さん、うちは手が足りているが、本所の知り合いの店で女中を探しているから聞いてやるとおっしゃったんです」

「ふむ……」

「それがトントン拍子で進みましてね。住み込みではたらくことになったんです」

「それはよかった。どんな店なんだ？」

「茶問屋です。しっかりしたお店のようですから、ほっと肩の荷が下りましたわ。あの子も心を入れ替えて、今度はちゃんと勤めてくれるでしょう。苦労しているわりには辛抱の足りないことをいっていましたけれど、ほんとうは芯《しん》の強い子なんですよ。きっとちゃんとやってくれますわよ」

「おれのせいで世話をかけたな」

「そんなことはありません。他人でもその人がよくなってくれるってことは、嬉《うれ》しいではありませんか」

「……たしかに」

お加代は土間席に戻って、南瓜を切ったり、栗を水に浸けたりした。そんな作業をつづけるお加代を盗み見る新兵衛は、片頬にやわらかな笑みを浮かべた。ふと窓の外に目を向けると、夕靄《ゆうもや》が濃くなっていた。

「そろそろ暖簾をあげたほうがいいのではないか……」

新兵衛の言葉に、お加代は、はっと顔をあげて、

「いけない。そうだったわ」

といって、下駄《げた》音をさせて表に出ていった。

四

行灯《あんどん》のあかりに染められた渡辺統一郎の顔を、角田は長々と凝視した。

「どうにもならぬと……そう申すか……」

角田は期待していただけに、裏切られた気分だった。

「はは、あれこれやってはみましたが……今度ばかりは……」

「どうしても無理であると、そう申すか」

角田の面上が朱に染まった。

「わたし一人であれば、いや相方の野村《のむら》に復帰の見込みがあればよかったのですが、どうも具合が思わしくなく、先月代わりに入った大工原《だいくはら》という者がうるさい男で、仔細《しさい》に算盤《そろばん》を弾《はじ》きますゆえ……。申しわけもなく……」

角田は深いため息をつき、肩を落とした。統一郎の相方というのは、同じ普請方改役のことをさす。定員は普請下奉行と同じ二名となっている。野村という者がこれまで同じ事務をこなしていたが、秋口に体調を崩し執務を休んでいた。大工原はその代わりに入ってきた男だった。

「まさか、その大工原は夏の出納を……」

「いえ、それはご心配には及びません」

統一郎は角田の心配を打ち消すように遮った。

「あのときの帳簿はすでに裁定済みとなっております。よもや疑う者はありますまい」

「それにしても困ったことになった。渡辺、これはわし一人だけの難題ではない。もしものことがあれば、おぬしとて安泰ではないのだ。よくわきまえておろうな」

「むろん、気が気でないのは角田さまと同じでございまする。騒ぎが大きくなれば、夏の出納も改められるやもしれませんゆえ」

「そうなっては困るからこうやって気を揉《も》んでおるのだ」

語気荒くいった角田は、ぬるくなった茶をがぶ飲みし、

「おぬしも一枚嚙《か》んでいる口なのだ。もう少し真剣に考えぬか。首がかかっておるのだ、首が……」

と、責める目つきを統一郎に向けてつづけた。

「とにかく、うまく収めるつもりではあるが、そういかなくなったときのことを考えておけ」

「はばかりながら、わたしも手は打ってはいるのですが……」

「なに……」

角田はこめかみのあたりの皮膚をぴくりとふるわせた。

「脅しをかけてあります」

「脅し……」

「はは、うるさくいってくる浅草田町の五人組の一人を見せしめのために……」

「……なんだと」

角田は乗りだしていた身を引いた。

「殺《あや》めたのではなかろうな」

いいえそうだと、統一郎は能面顔でいってうなずいた。声をなくしたように、角

田は黙り込んだ。

いつしか虫の声が少なくなっている。行灯がジジッと鳴り、座敷のなかの空気がふらりと揺れた。

角田は同じ普請下奉行の金谷《かなや》千之助《せんのすけ》の顔を思い浮かべた。まだ若い男だが、有能だ。いつも口の端にやわらかな笑みを浮かべていながら、目は醒《さ》めている。周囲から嘱望されており、いずれは普請奉行はおろか勘定奉行あたりへの出世はまちがいないといわれている。

角田はその金谷に先を越されたくなかった。隠居前にどうしても普請奉行には出世しておきたかった。ここでしくじれば、その夢は未来永劫《えいごう》断たれるであろう。そうならないために、角田は根回しをしてきた。それには思いもよらぬ金が必要であった。

しかしながら、出世に金はつきもの。避けて通ることはできない。おちおちしていれば、年下ながら同輩の金谷に先を越されるかもしれぬという不安があった。また自分の代わりに、遠国奉行、あるいは目付、小普請奉行が、自分の狙っている座に推挙される可能性もあった。

角田はなんとしてもその地位を譲りたくない。人の足を引きずってでも、人を押しのけてでも前に出たいという気持ちが強かった。

しかし、いま目の前にいる下役の渡辺統一郎は、とんでもないことを口にした。揉めている五人組の一人を殺めたといったのだ。これは尋常なことではない。町奉行所は当然動いているであろうが、アシがつけば目付の調べになること必至。そうなれば、ありとあらゆることが調べられる。

（逃げ道を作らねば……）

忙しく頭をはたらかせた角田は、極力声を抑えて口を開いた。

「いま、おぬしが口にしたことだが、わしは何も知らなかった。まさかこっちに手がまわることはなかろうな」

「ご懸念無用でございまする。まかりまちがっても、角田さまに辿《たど》りつくことはないでしょう」

「わしの知っている者を使ったのではあるまいな」

「いいえ」

統一郎は自信ありげに首を振った。

「渡辺、よいか。勝手は許さぬぞ。おぬしは気をまわしたつもりだろうが、危ない綱わたりだ。とにかく今後のことはわしが考える。おぬしはわしの指図を待て」

角田はそう命じると統一郎を帰した。

（あれは金勘定しかできぬ男だったか……）

忌々しいと、扇子で膝《ひざ》をたたいた。

しかし、窮していることに変わりはなかった。水路普請の公費をわずか誤魔化しただけなのに、こんなに苦しいことになるとは思いもよらなかった。とにかく穏便にすまさなければならないが、それが難しい。再度の普請は年が明けなければ無理だろうし、そのためには納得のいく説明を普請奉行にしなければ、公費は下りない。

とにかく、下役の渡辺統一郎ではどうにもならぬことがわかったいまは、浜野次郎左の報告が待たれた。しかし、その次郎左はなかなかやってこない。

（これは話し合いに難渋しているのか、もしくは……）

と、不吉な胸騒ぎがしたときに、家中の家来が次郎左が来たと知らせた。

「すぐに通せ。人払いじゃ」

指図をして待つほどもなく、次郎左が座敷に現れた。

「遅かったではないか。待ちくたびれておったぞ。どうだ、首尾よくいったか？」

角田は期待顔を向けたが、次郎左の顔は暗かった。

「それが、どうにも先方には厄介な男が加わりまして……」

「なんだ、その厄介な男というのは？　かまわぬからありていに申せ」

次郎左はその日、浅草田町の五人組とやり取りしたことを詳しく話していった。

角田の表情は徐々にこわばっていった。

「その書面を見せろ」

角田は次郎左が出した書面を奪うように取ると、目を皿にして読んだ。読み終えるなり、心の臓がドクンドクンと耳許《みみもと》で聞こえるような錯覚を覚えた。

「こ、これと同じものをその平山というものは持っていると申すか」

「はい」

「普請奉行、あるいは勘定奉行にお伺いを立てると、そう申したのか？」

「そのようなことを……」

「そやつは何者だ？」

角田は血の気の引く思いだった。いや、実際顔色が悪くなっていた。

「五人組頭をしております七蔵の店子《たなこ》だと申しておりました」

「では、浪人ということか……」

「おそらくそうだと思います」

「うぬ……」

角田は臍《ほぞ》を噛む思いで、壁の一点を凝視した。放っておけることではない。心は不安に揺れつづけているが、努めて冷静を装って、

「浜野、おぬしで十分間に合うと思ったのだが、少々荷が重すぎたようだな。だが、乗りかかった舟だ。最後までやってもらうが、よいか」

と、目に力を入れて次郎左を凝視した。

「もとよりそのつもりでございますゆえ……」

「こうなったら金を使うしかあるまい。どうだ、やれるか？」

「はは、殿さまのお指図であれば、この浜野次郎左は身命擲《なげう》ってやり遂げてみせましょう」

角田は相変わらず口だけは達者なやつだとあきれるが、いまはこの男を使うしかなかった。

「では、頼むぞ。これでしくじったら、わしもおぬしも終わりだ。うまくやるのだ」

角田は床の間に置いてある手文庫を開けると、切り餅《もち》（二十五両）二つを次郎左に差しだした。

「相手は四人。うまく使って抱き込むのだ。年が明けたら必ずや水路普請のやり直しはすると、そういい含めろ。また、年が明けたらわしが直接出向いてことの次第を詳しく話すといえ。何より、いまはその者たちを抑えるのが肝要だ」

「承知いたしました。しかし、うるさくいってきた平山宇兵衛という男はいかがいたします？」

きらっと角田は、目の奥に光を宿した。

「そやつのことはわしにまかせておけ。おぬしはいらぬことは考えるな」

「わかりました。それからもうひとつ」

「なんだ」

角田はまだあるのかとうんざりするが、話を聞くことにした。

「このことを知っている者がもう一人います。殿さまが助を立てろと申されましたので、ある男を使ったのですが、これが向こうに寝返りそうなことを口にします」

「愚かな……。いったい何者だ？」

「浪人です」

「けっ。しようもない。放っておけ」

といったあとで、角田はそれではまずいと思った。あまりこの一件は知られたくないことである。

「その浪人は面倒だ。身を乗りだすと声を低めて、

「その浪人は面倒だ。いらぬ噂が立つ前に、何とかしろ。強情なことをいうようであれば、おぬしの考えにまかせる」

と、角田は意味深なことを言葉に含ませた。

「承知いたしました」

次郎左が帰っていくと、角田はすぐに家来を呼んだ。

「急ぎ、渡辺統一郎を呼んでまいれ」

角田の頭には、次郎左が口にした平山宇兵衛という男を、片づけなければならないという考えがあった。

五

「では、その音吉の男である宮竹征志郎を捜すのが先だな」

伝七と金吾から話を聞いた新兵衛は、また酒を飲んだ。待ちすぎて、五合はたっぷり飲んでいたが、呂律《ろれつ》は回っているし、まだ飲み足りない量であった。

「宮竹という浪人の家はわかっていますし、音吉の家を訪ねるかもしれません。あっしと新兵衛さんは、明日宮竹の家を見張りましょう。金吾には音吉の家を見張らせます」

伝七がいうのへ、新兵衛はよかろうと応じた。

三人はとんぼ屋の小上がりにいるのだった。お加代が帰っていく客を見送って、片づけにかかった。土間席には近所の職人が二人、さっきからああでもないこうでもないと、わけのわからないことを話しあっていた。

「おれはどっちでもよいが、おまえがそういうならそうしよう。だが、早まったことは慎んだほうがよい。その宮竹征志郎なる者が、幸吉殺しの下手人だとはっきりしていたのではないからな」

「おそらくそうに決まっていますよ。お米婆さんの店に飛び込んできた野郎は、返り血を浴びていたんでしょう」

「だが、その男と宮竹征志郎が同じ人間かどうかはわからぬことだ」

「もっともなことですが、とにかく宮竹に会うのは常道でしょう。新兵衛さん、飲みすぎてんじゃないですか」

「おまえにいわれたくはない」

「じゃあ、そういうことであっしらは先に帰ります」

新兵衛はそのまま居座っていたが、

「そろそろよしたらどう。今日はいつになくお酒が進んでいますわよ」

と、伝七と金吾が使っていた皿を下げに来たお加代がいう。

「うむ。そろそろ引きあげるか」

お加代には妙に素直な新兵衛である。

「今夜は払っておこう」

「あら……」

お加代が意外そうな顔をした。

「平山さま、まだまだ宵の口です。先祝いではありませんが、ささ遠慮なさらずに」

酒で顔をまっ赤にした駕籠《かご》屋の彦太郎が勧める。平山宇兵衛は心地よく酔ってはいたが、頭は冴《さ》えたままだった。

七蔵の家に五人組が集まって話し合いをして、そのまま酒を飲んでいるのだ。

「これこれ、彦太郎。あまり無理に勧めては平山さまに悪いではないか。幸吉を偲《しの》ぶ酒でもあるのだ」

七蔵が取りなすのへ、

「へへ、まあそうですけど、おいらは気分がいいんです。あの浜野って使いの侍が鮹《たこ》のように顔を赤くしてグゥの音も出なくなったんですから。しまいにゃ『出直しだ』って、あの顔を思いだすと愉快でなりませんぜ」

彦太郎は浜野次郎左の声音を真似て、ウハハハと笑った。

「しかし、どんな返事があるでしょうかな」

おとなしく飲んでいた庄介《しょうすけ》という金物屋の年寄りだった。

「それが気になるところだ」

宇兵衛はそう応じてつづけた。

「もし、普請下奉行が不正をしていたのであれば、大慌てでこちらのいい分を飲む。

あるいは……」

宇兵衛が口を開くと、みんなは神妙な顔で身を乗りだしてくる。

「もっと強引な手を使ってくるかもしれぬ」

「強引な手と申されると……」

あまり酒の飲めない七蔵は不安げな顔になる。

「幸吉が殺されたことと、この件がつながっているかどうかそれはわからぬが、力ずくで抑えつけようとするかもしれぬ」

「力ずくというのは、まさか刀を抜いての脅しというのではないでしょうな」

七蔵はみんなの顔を眺めた。それぞれに顔をこわばらせていた。

「もし、刀を抜いての脅しなら向こうに非があると考えてよい。不正がなければ、然《しか》るべき人間を立ててくるはずだ」

「でも脅しをかけられたりしたら……」

七蔵は不安げな顔だ。

「屈することはない。てまえどもは正しいことを訴えているだけだ」

「しかし怪我でも……いや斬り殺されたりしたら元も子もありません」

七蔵はゴクッと喉《のど》を鳴らして、仲間の顔を見た。

「怯《ひる》むことはない。相手は公儀役人、手向かいもせぬ者をめったに斬るものではない」

「そうはおっしゃいますが……平山さまがそばにいらっしゃればまだしも、一人のときにやってこられたら……」

「心配するのはわかる。用心のためにしばらくは、一人歩きは慎んだがよいだろう。万が一ということもあるからな。しかしながら、他の手を打ってくるかもしれぬ」

「それは……」

七蔵が顔を突きだすようにすれば、他の三人も同じように宇兵衛を見る。

「金を使うかもしれぬ。穏便にことを収めようと、しばらく騒ぎ立てないでくれと金をにぎらせるということだ。もしさようなことがあったら、かまえて受け取ってはならぬ」

みんなは身を引いて納得したようにうなずきあった。

「平山さまのいわれるとおりだ」

七蔵が感心顔でいえば、他の者たちも気構えが大事だと口々にいった。

「それで平山さま、先ほどお発《た》ちになるといわれましたが、お急ぎでしょうか。無理に引き止めるわけにもまいりませんが、もうしばらく留《とど》まってもらえませんでしょうか。不自由があればなんでもいたしますので……」

七蔵が真顔を向けてくる。

宇兵衛もそのことは考えていた。この交渉ごとの結果が出るまでは、留まっていようかと。しかし、いま宇兵衛のなかには別の気持ちが生まれていた。

自分は死を恐れて逃げている卑怯者《ひきょう》だ――ということである。

実の父を斬りはしたが、それは過ちであった。後悔してもしきれないが、逃げるべきではなかった。せめて自分なりの野辺送りをすべきだったと、いまになって心を痛めていた。どんな咎《とが》を受けようが、ありのままを申し述べ、その結果罪を受けることになれば、それはやむを得ないのではないか。それが武士たる者の本分ではないかと思っているのである。

「みんなの厚意は身に余るほどである。しかし、拙者には拙者の都合がある」

「せめてあと二日か三日いてもらえませんか。その間に、普請方の返事もありましょうから……」

七蔵が頭を下げれば、他の者たちもそうしてくれと頭を下げた。

宇兵衛は心が揺れた。

「拙者もそうしたいところであるが……いや、一晩考えさせてくれ」

みんなは、しぶしぶとうなずいた。

七蔵の家をあとにした宇兵衛は、微酔《ほろよ》いの体を夜風にさらしながら、あてがわれている長屋に向かった。星がきれいであった。立ち止まって夜空をあおいだとき、一筋の光が尾を引いて消えていった。

流れ星——。

その星に、自分の運命を見出《みいだ》したように、

(生きるとは儚《はかな》きことかもしれぬ)

と、胸の内でつぶやいた。

長屋に近づいたとき、背後に人の気配を感じた。さっと振り返ったが、夜道に不審な人影はなかった。それでも異様な人の目を感じる。思い過ごしかと思って足を進めたが、やはり背中に感じるものがある。五感を研ぎすましたが、目に見えぬ人の気配があった。しかし、それは長屋の木戸を入ると、煙のように消えていった。

(たしかに誰かがいた)

宇兵衛は戸障子に手をかけて表に目を向けたが、野良猫の姿があるだけだった。

六

鴉《からす》と雀の鳴き声で起きた新兵衛は、のそりと枕許の瓢簞徳利《ひようたんとつくり》に手をのばすと、そのまま口をつけた。水代わりだ。うまい、と思い、ぷはっと息を吐く。

夜具を払い、胸のあたりを掻《か》きむしり、大きなあくびをして、乱れた髪に手櫛《てぐし》を入れる。長屋のおかみたちも起きており、井戸端のほうから声がする。

新兵衛はのろのろと着替えにかかり、どっかりとあぐらをかいて、宙の一点に目を据えた。考えていることがあった。

幸吉殺しはいわずもがな、浅草田町の水路に関する争議もある。次郎左の助をするつもりだったが、昨日その気が失《う》せた。このまま放っておけばよいことだろうが、どうにも気になる。

何が気になるのかといえば、普請下奉行が家中の家来でもない、ましてや下役でもない者を使いに出していることである。当初から気にはなっていたが、昨日、平山宇兵衛という浪人が指摘したことで、やはりおかしいと思うのだ。幕府にとっては小さなことかもしれないが、やはり普請方の人間が話し合いに応じるのが筋である。

ふむふむと、うなずいて腕を組む新兵衛は、もう一度浜野次郎左に会って話を聞きたいと思った。しかし、昨日のあの様子では、もう自分には会わないだろうとも思う。

新兵衛は顎《あご》の無精ひげをぞろりと撫《な》でて、洗面に行くことにした。口さがないおかみ連中と、冗談交じりの言葉を交わして家に戻り、朝餉《あさげ》を食べに行こうとしたとき、会えないだろうと思っていた浜野次郎左が、ひょっこり訪ねてきた。

「なんだ、おれは用なしではなかったのか……」

嫌みをいってやったが、次郎左はけろっとしている。

「昨日のことは勘弁してください。ちょいと頭に血が上っただけです。やはり曾路里さんには手伝ってもらいたいんです」

「それはまあ……かまわぬが……。それでどうする？」

「朝飯でも食いに行きませんか。そこで話をします」

「よかろう。おれもそのつもりだったのだ」

浅草広小路に近いところに、朝の早い職人連中のためにあいている飯屋があった。

新兵衛と次郎左は、その店の土間席で向かい合って飯を注文した。客は忙しく飯をかき込んでは出てゆき、また新しい客が入ってくる。入れ替わり立ち替わりと忙しい。

格子窓から射し込む朝日が、土間を照らしていた。

「朝から酒ですか……」

次郎左は酒を飲む新兵衛にあきれ顔をした。

「気付け薬だ」

新兵衛は軽く応じてぐびりと飲んで、言葉をついだ。

「返事でもしに行くのか？」

「まあ、そんなところです。角田さまの考えを聞いてまいりましてね」

次郎左は納豆をこねくり回している。

「どんな指図を受けた？」

「へえ、普請のやり直しは来年必ずやる。年が明けたら角田さまが話をしに行くということです」

「ほう……」

新兵衛はやはり、普請方にもいろいろ都合があるのだろうと思った。

「そういうことですから、騒ぎ立てられると困る。やることはやるということです。ところが、やつらは来年では遅い。来年のいつやるのだと騒ぎそうです。だから頭を痛めているんです」

「ふむ……」

新兵衛は飯をかき込む次郎左を眺める。

「まあこれは最後の手段ですが、今日はそのための話し合いです」

「どうするというのだ？」

「来年まで少しおとなしくさせるだけです。ちょいと金をにぎらせてね」

へヘッと次郎左は笑って、よくあることですよと付け足す。新兵衛は眉間《みけん》にしわを刻んだ。

「ちょいと多めに金を預かっていますが、全部使うことはありません。残った金はみどもと新兵衛さんと山分けってことでどうです。うまい仕事でしょう」

「金をつかませて黙らせるということか……」

「角田さまもうるさくなられたのでしょう。今日は五人組のやつらに一人ずつ会って話をまとめます。平山って浪人がいましたが、やつは相手にしなくていいでしょう。あとの四人をまるめることができればそれで仕事は終わりです。曾路里さんには……」

「断る」

新兵衛がきっぱりいうと、次郎左が驚いたように目をしばたたいた。

「おれはそういう仕事はせぬ。おまえは相手がどう出てくるかわからぬから、おれを用心棒役として連れて行くつもりだろうが、相手を説き伏せるために金を使うという根性が気に食わぬ」

飯をゆっくり咀嚼《そしやく》する次郎左の顔色が変わった。

「昨日、平山宇兵衛という男がいったことは、道理にかなっている。それに問題になっている水路だが、昨日おれは浅草の田圃《たんぼ》を見てきた。あの水路からは灌漑用水が引かれている。それが涸《か》れていた。百姓たちもあれでは作物が作れぬ。五人組は決して無理をいっているのではない。金を使ってまで騒ぎを鎮めるならば、その前に角田さんが出てきて話し合いをし、五人組に納得してもらえばすむことだ」

「それができねえからおれが使いに出ているんですよ。同じことをなんべんいわせりゃいいんです。朝から酒なんか飲んでるから、人のいったことを忘れちまうんでしょう。おれがせっかくいい話を持ってきたっていうのに、けちをつけるようなこといいやがって、いったい何様だと思ってやがんだ」

語気荒くいう次郎左は、飯碗《わん》を乱暴に置いて、新兵衛をにらんだ。突然の声にまわりの者が静かになったが、次郎左が苦笑いをして声を低めると、またがやがやと喧噪《けんそう》が戻った。

（これがこやつの本性だろう）

新兵衛は醒《さ》めた目で次郎左を見て、酒をゆっくり口に運んだ。

「角田さまは手の離せない役目があるからおれを使いに立てている。普請下奉行ともなれば、下々のことにいちいち関わっちゃいられないんですよ。曾路里さんは幕府のことがわからないからそんなことをいうんだ」

「ああ、わかっておらぬのかもしれぬな。だが、金まで使って騒ぎ立てる者を黙らせるというのが気に食わぬ。そこまでするなら、しかるべき者を立てて話をすればよいのだ。下役でもないおぬしが使いに出るのがそもそもあやしい。そうではないか」

新兵衛は強く次郎左をにらむと、酒を飲みほし、勘定を置いて先に店を出た。すぐに次郎左が追いかけてきた。

「まったくあんたって野郎は……見損なったぜ……」

次郎左は吐き捨てるようにいって背を向けた。

「待て」

新兵衛が呼び止めると、次郎左が剣呑《けんのん》な目を向けてきた。

「さっきおぬしはおれに幕府のことがわかっておらぬといったな。だがな、おれは元は幕臣だ。それに、人の道理はわかっておるつもりだ」

次郎左はにわかに驚いた顔をしたが、新兵衛はそのまま歩き去った。

七

約束の時刻に宮竹征志郎の家の近くまで来たとき、

「新兵衛さん」

という声がかけられた。伝七だった。こっちですと手招きをする。

「宮竹の家はどこだ？」

「あの角の家です」

新兵衛は伝七が指さした家を見た。長屋ではない小さな一軒家だ。そこは、神田小泉町《こいずみちょう》だった。すぐそばに玉池稲荷《たまいけいなり》がある。

「いるのか？」

「いえ、わかりません。あっしもさっき来たばかりですから……」

二人は履物屋と瀬戸物屋の間にある猫道に、体を押し入れていた。新兵衛はまわりを見た。このあたりは小さな商店しかなく、宮竹の家は武家地の一画に位置していた。

「今朝は匂いが強いですぜ」

宮竹の家に目を戻すと、伝七が鼻の頭に小じわを寄せた。

「面白くないことがあったので、ちょいと引っかけただけだ」

「へえ、新兵衛さんにしてはめずらしいやけ酒ですか……」

新兵衛は応じないで、宮竹の家に目を注いだ。玄関の戸は閉まっているし、雨戸も開けられていない。まだ寝ているのか、留守なのかわからない。

「伝七、近所で宮竹がいるのかどうかそれだけでも聞いてこい」

「わかりやした」

伝七ががに股《また》で宮竹の家のほうに歩いていくと、新兵衛は薪炭屋の表に出してある縁台に腰掛けた。

空は薄曇りで、肌寒い日であった。どこからともなく甘い香りが流れてきて鼻孔をくすぐった。金木犀《きんもくせい》の匂いだ。

もうそんな時季なのかと、新兵衛は月日の流れの早さに気づかされた。雲の切れ間から光の条《すじ》が、江戸の町にこぼれていた。その空から鳶《とんび》が声を降らす。

伝七ががに股で駆け戻ってきた。

「ここ二、三日家を空けているそうです。行き先はわかりません。ひょっこり戻ってきて、しばらくいたかと思うと、いつの間にかいなくなるって按配《あんばい》だそうで……」

「それじゃ見張っていても埒《らち》が明かぬな。音吉という女の家はどうだろう」

「まわってみますか」

音吉の家は金吾が見張っているはずだ。

新兵衛と伝七は、小網町の音吉の家に向かった。近くまで行くと、金吾の後ろ姿が見えた。線香屋の前に置いてある薪俵《まきだわら》に腰掛けていた。

伝七が声をかけるとひょっとこ顔を振り向け、出っ歯を剝《む》き出しにして、

「向こうはどうしたんです？」

と聞いてきた。

「いつ帰ってくるかわからねえからこっちに来たんだ。で、どうなんだ？」

「音吉はいますが、男の気配はありませんん」

「しかたねえ。とんだ暇つぶしかもしれねえが、待つことにしようじゃねえか」

伝七が腹をくくったように金吾のそばに腰をおろした。

新兵衛はあたりを見まわしながら考えた。見張りだけなら二人にまかせておけばよい。それより、次郎左のことが気にかかる。あやつは金で五人組を抱き込もうとしている。それを知っていて、黙っているわけにはいかない。

「伝七、おれは他をまわってくる」

「他って……」

「用がある。もし、宮竹征志郎が現れても下手なことはしないほうがいいだろう」

「煙管《キセル》のことを訊《たず》ねなきゃなりません」

「とぼけられたらそれで終わりだろう。しばらく様子を見て、宮竹の素行を調べろ」

伝七はぎょろ目を左右に動かしてから、

「へえ、それがいいでしょう」

と、納得した。

七蔵の家を訪ねると、

「これは……」

と、新兵衛の顔を見るなり七蔵が息を呑《の》む顔をした。

「そう驚くことはない。話し合いに来たのではないから安心いたせ」

「と、申されると……」

七蔵は額に小じわを走らせ、意外そうな顔をする。

「おれはおぬしらの申し分が正しいと思う。昨日は平山宇兵衛殿の話を聞き感服した次第だ。普請方の使い、浜野次郎左とは縁を切った。おぬしらの味方をしたい」

新兵衛の申し出に、七蔵はこわばらせていた表情をゆるめ、座敷にあがってくれという。遠慮なくあがり込んだ新兵衛は茶をもてなされたが、口はつけなかった。

酒をくれと厚かましいこともいえぬので、用件だけを伝えた。

普請下奉行は次郎左を使いに立て、話し合いが上手くいかないので金で抱き込もうとしているが、受け取ってはならぬということだった。

「それは平山さまも懸念されておりまして、昨夜そんな話をされました」

「そうであったか。平山殿はなかなかの人物であるな。それなら差し出がましいことを申してしまった。水路普請の細かいことはわからぬが、橋の架け替えと、灌漑用水を早く整えなければならぬことはおれにもわかる」

「おっしゃるとおりです。困っているのはこの町に住む者たちだけではありませんから。それに水路の普請はいい加減です。心許《こころもと》ない箇所に手を入れるにしても、お上のお許しがないと勝手に直すこともできません。石積みで補えるところもありますので、それもやりたいのですが、許しも得ずに勝手にやるのは御法度ですから、困り果てているんでございます。このまま放っておけば、またいつ水路が暴れるかわかりません」

七蔵はいかに町の者たちが戦々恐々としているのか、そのことを長々と話した。黙って聞く新兵衛は、深い理解を示した。

「普請下奉行は年が明けたらおぬしらに詳しいことを話し、また再度の普請は行うといっているらしいが……それでは間に合わぬというわけだ」

「いいえ、そんな無理は申しません。ちゃんと普請方が期日を決め、約束を守ってくだされぱよいだけのことです。この夏に水路が壊れたのも、前もって話をしてあったのです。しかしながら普請方が重い腰をあげたのは、被害が出たあとでした。もうその繰り返しは勘弁願いたいのです。よってしつこいのを承知で申しあげているのですが、浜野さまという使いの方が見えるだけで、いっこうに先へ進みません」

だから困っているのだと七蔵はいう。

改めて七蔵らの困窮ぶりを知った新兵衛だが、どうやって力になってやればよいか、その方策はすぐには答えられなかった。

「とにかく、何か考えることにいたす」

「力強いお言葉です。どうぞよろしくお願いいたします」

「それで、平山殿の家だが、教えてくれぬか。あの方と知恵を出しあいたい」

「それでしたら、ご案内いたしましょう」

七蔵は味方が増えたことに気をよくしたらしく、新兵衛の案内に立ちながら、平山宇兵衛は某藩の役目で江戸に来ている、長居はできないので近いうちに発《た》つなどと話した。どこの家中の者であるかは、七蔵らには明かしていないという。

「役目柄人にいえぬこともあるのだろう」

新兵衛はそう思うしかない。

平山の仮住まいは、七蔵が都合しているのもわかった。その長屋を訪ねたが、平山は留守であった。新兵衛は表で待つことにした。近くに粗末な飯屋があったのだ。

入った飯屋の飯台で、表を見ながらちびちびと酒を飲んだ。浜野次郎左と後味の悪い別れ方をしたが、その次郎左に手を貸そうとしたのは自分のせいだと思った。

手許不如意という心許なさで、本来の自分を見失ったのだと舌打ちをする。

とんぼ屋のお加代が、あまり好きでないといった勘があたった恰好《かっこう》である。人間は貧しくなると、平常心を忘れるのだということを、いまさらながら思い知った。

痩《や》せても枯れても、卑しくはなりたくないと思う新兵衛である。その一方で、やはり先のことを少しは考えなければならないと思いもする。

暇にまかせて考えに耽《ふけ》っているうちに、三合飲んでいた。微酔《ほろよ》いである。表を見つづけているが、平山宇兵衛が長屋に帰ってくる様子はない。また、このあたりをうろついていると思われる次郎左の姿も見なかった。

ぶらりと店を出、町をひとまわりして、また同じ店に戻った。店の亭主と女将《おかみ》は、めずらしい客に関心を示すことなく、新兵衛が注文をするものを黙って運んでくるだけだ。

そうこうしているうちに日が傾き、いつしか夕靄《ゆうもや》が漂いはじめた。しかし、待った甲斐《かい》があった。ようやく平山宇兵衛の姿を見たのだ。新兵衛は即座に勘定をして店を出た。

と、宇兵衛は長屋には目もくれず、そのまま歩き去った。どこへ行くのだと思ったとき、ひとりの侍に気づいた。深編笠《がさ》を被《かぶ》った男が宇兵衛を尾《つ》けているのだ。

その男は袖無《そでな》しの羽織に、袴《はかま》という出《い》で立《た》ちである。男の目は深編笠に隠れて見えないが、前を行く宇兵衛を尾けているのはたしかである。さらに、新兵衛は宇兵衛も、男に尾けられているのを承知しているとわかった。

（どういうことだ……）

新兵衛は、宇兵衛を尾ける男から距離を置いて歩いた。

宇兵衛は町屋から離れると、小田出雲守《おだいずものかみ》下屋敷を過ぎて右に折れた。すでにあたりは暗い。西の空にわずかに日の名残があるぐらいで、東の空に月が昇っていた。

宇兵衛は男を誘っているのだ。新兵衛にはそのことがわかった。宇兵衛の誘い込んだ先は、荒涼とした田畑があるだけで、雑木林が点在している。鴉《からす》の鳴き声がうるさかったが、一斉に羽ばたき黒い塊となって南の空に飛んでいった。

深編笠の男が一気に間合いを詰めたのはそのときだった。腰の刀に手を添えて鯉口を切った。尾けられていた宇兵衛も、心得ていたらしく、さっと身をひるがえして抜刀した。

第六章　鬨《とき》の声

一

薄闇のなかに刃が鈍い光を放ち、両者の刀の切っ先が、チンと、ふれ合い小さな火花が散った。

宇兵衛は尾行者の斬撃《ざんげき》を素早くかわし、つづいて襲い来る一撃を、体を開いて撥《は》ねあげたのだった。そのとき、両者は体を入れ替え、間合い二間で対峙《たいじ》した。

尾行者は慌てていない。宇兵衛も落ち着いている。

飛ばされてきた枯れ葉が両者の間に舞い落ちた。じりじりと間合いが詰まる。新兵衛は息を呑《の》んで立ち止まっていた。むろん、放っておくつもりはなかったが、宇兵衛はなかなかの腕であるし、尾行者を受け入れている。

間合い一間半になったとき、宇兵衛が地を蹴《け》った。脇構えから刀を横に倒し、そのまま水平に振ると見せかけ、小手を狙っていった。尾行者は鍔元《つばもと》ではね返すと、右足を大きく踏み込み、胴を抜いた。紙一重のところで体をひねって宇兵衛がかわす。

休む間もなく尾行者は迅雷の突きを見舞った。宇兵衛は首をひねっていなすなり、逆袈裟《けさ》に斬りあげたが、それは空を切り、単に刃風を立てたに過ぎなかった。即座に尾行者は攻撃に移り、返す刀を上段から唐竹割りに振り下ろした。

その一刀はわずかに宇兵衛の袖《そで》をかすったが、素早く頭上で刀をひるがえして、袈裟懸けに斬り込んでいった。対する宇兵衛は捨て身の技で、懐に飛び込むなり相手の顎《あご》を斬りあげた。

ざっと、耳障りな音がした。直後、尾行者の深編笠の庇《ひさし》がぷっつりと割れていた。そのことで顔が薄闇のなかに曝《さら》された。色の白い男だった。鼻梁《びりょう》が高く、きりりと吊《つ》りあがった眉《まゆ》の下に、涼やかな目をしていた。もっともその眼光は殺意に満ちており鋭い。

「何故の所業」

宇兵衛が間合いを取って問うた。

「…………」

男は無言のまま自分の刃圏を探している。

ここまでだと思った新兵衛は、声をかけた。

「それまで、それまで」

神経を張りつめて対峙していた二人は、目だけを動かして新兵衛を認めた。

「こんなところで刃傷沙汰《にんじょうざた》はつまらぬ。そこもとは何者だ？」

新兵衛は男を見たが、返答はない。

「よもや、普請方の使いではあるまいな」

ぎらつく男の目が新兵衛に据えられた。殺意が薄れている。宇兵衛は青眼《せいがん》に構えたまま、その場を動かなかった。

「どうでもよいが、その辺で刀を引け。怪我ですめばよいが、おてまえらはいたずらに命のやり取りをしているだけだ。どんなわけがあるのか知らぬが、おれも見て見ぬふりはできぬからな」

新兵衛は二人に近づきながら言葉をついだ。

「どうだ、殺し合いなどつまらぬから、その辺で楽しく一杯やらぬか」

「ふざけおって。くそッ」

男は吐き捨てると、宇兵衛から数間離れた。

「きさま、いずれ勝負をつける。覚悟しておれ」

捨て科白を吐いた男は、そのまま北のほうへ歩み去った。

「そなたは……」

新兵衛が男を見送っていると、宇兵衛が声をかけてきた。

新兵衛が誘うまま、宇兵衛はついてきた。

すでに日はとっぷり暮れており、町屋の通りには軒行灯《あんどん》のあかりが浮かんでいる。浅草山川町の縄暖簾《のれん》だった。客は五分の入りでざわついているが、新兵衛と宇兵衛は土間席の片隅で静かに酒をかたむけていた。

「すると、五人組に加勢をする。そういうことだろうか……」

新兵衛の話を聞く間、宇兵衛は浮かぬ顔をしていたが、卒然と顔をあげて目を輝かせた。

「加勢といわれてもいかほどのことができるかわからぬが、昨日、貴公の話を聞いてもっともだと思ったのだ。そう疑い深い目で見られると困る。あっさり寝返ったようなことをいっているが、本心だ。嘘ではない」

宇兵衛は猜疑心《さいぎしん》の勝った目をしていたが、ふっと肩の力を抜いた。

「わかった。貴公を男と見て信用しよう。しかし、そうなるとあの浜野という者は黙ってはいまい」

「なに、気にすることではない。おれは礼金ももらっておらぬし、あやつのやることと、またあやつに指図をしている角田という普請下奉行のやり方に納得がいかぬのだ。我ながら恥ずかしいことだが、昨日貴公の話を聞いて、目が覚めた」

「では、普請方に不正があるのではないかと、曾路里殿も思っておられるのであろうか」

「それはわからぬが、かなり疑わしいと思っておる。それより水路の再普請をいかに急がせるかが先であろう。不正を糺《ただ》すよりは、そのほうが町の者にも百姓らにも大事なはずだ」

「おっしゃるとおり。しかし、曾路里殿はいったいなぜ……いや、ただの浪人ではないようだが……」

「酒好きの浪人だ。だが、こうなったからには腹を割って話す。もっともあまり人にはいえぬ話ゆえ、貴公の胸先三寸にとどめてもらいたい」

承知したという宇兵衛に、新兵衛は自分がなぜ浪人に成り下がったか、そのわけを簡略に話してやった。

元大番組にいたこと、同輩が刃傷沙汰を起こし、その縁座で責を取らされ、役目を逐《お》われいまに至ったことである。

「先行きの不安はいつも心の片隅にあるが、何とか生きていけるのが不思議でな」

ワハハと、新兵衛は快活に笑い、

「もっとも、いつまでもこういう暮らしをつづけているわけにはいかぬが……」

と、真顔になった。

「そういうことでござったか。なるほど……」

宇兵衛は妙に納得したような顔で酒を飲んだ。酒はそう強くないようだ。もうまっ赤な顔をしている。

「それで平山殿はどこぞの家中の方らしいが……」

「話せば長くなるが、じつはあてがないのでございまする」

「役目の途中の寄り道だったのでは……七蔵からはそう聞いておるが……」

「いや、内聞に願いますが、拙者は国を捨ててきたのです」

「それはまたいったいどうして……」

「父を斬り捨てたのです」

新兵衛は盃《さかずき》を口の前で止めた。

「領内に入ってきて悪さをしている賊だと思い……」

宇兵衛はそのときのことを、とつとつと話して聞かせた。新兵衛はいきおい酒が醒《さ》めそうになった。

「では、見誤ったというわけですな。しかし、それは父御もそうだったのでは……」

「そうでなければ実の子に斬りかかってはこないでしょう。母も殺されていたのですから……」

口を引き結んだ宇兵衛は、目を潤ませた。

「それにしてもお気の毒な。しかし、これからどうなさるおつもりで……」

新兵衛は盃を膝許《ひざもと》に置いて、宇兵衛をじっと見た。

「それを迷っておるのです。逃げても行くあてはありませんし、かといって曾路里殿のような暮らしをする自信もない。さっき拙者を襲ってきた男に、いっそのこと斬られようかと思いもしました。そのほうが楽になると……しかし、すんでのところで見も知らぬ男にわけもわからず斬られるのは無念だと思い、相手をしたのです」

「そうでござったか……」

「人は弱いものだ」

そのつぶやきに新兵衛は、目を厳しくした。眉間《みけん》にしわを彫り、宇兵衛をにらむように見た。

「弱いのは己だ。平山殿は己に負けている」

さっと、宇兵衛の顔があがった。

「怖いから逃げているのではあるまいか。命が惜しいと思うから、逃げてきたのではあるまいか。そりゃあ人間、誰しも命は大事だ。だが、命と同じように大事なものがあるはずだ。貴公の大義はどこにある?」

宇兵衛は表情をなくしていた。

「大義の不明を嘆くなら、大義に殉ずるのが武士の定めではござらぬか。それも親孝行だと思うが……」

新兵衛は酒に口をつけた。宇兵衛はしばらく惚《ほう》けたような顔をしていたが、

「そうでござった」

と、つぶやくなり、がっくり肩を落とした。

「逃げてはならぬ。逃げるのは卑怯《ひきょう》だ」

「はは、おっしゃるとおり。拙者は己を見失っておりました」

「……」

「やはり、拙者は国許に帰り、目付の調べを受けようと思います。それがほんとうの道でしょう。謀反人といわれようが、親殺しの罪を被《かぶ》ろうが、そうすべきだと思うのです」

宇兵衛の顔に悽愴《せいそう》な色が浮かんだ。

「……」

「曾路里殿、わたしはそういう身の上。五人組の力になりたいと思いましたが、これ以上は何もできないでしょう。拙者は明日か明後日には国に帰ります。勝手ないいぶんですが、五人組に力を貸してやってくださいませんか……」

「どこまでできるかわかりませんが……」

「なにとぞよろしくお願いいたします」

「うむ……」

新兵衛はすでに一肌脱ぐ覚悟でいた。

「それでさっきの男だが、見覚えはないのですな」

新兵衛の問いに、宇兵衛はないと首を振った。

二

家路についた新兵衛は、心にぬくもりと侘《わ》びしさを同居させていた。それは宇兵衛と会えたからで、また宇兵衛の身の上を知ったからにほかならない。

宇兵衛には同情はするが、やはり死んだ親の野辺送りはすべきであろう。たとえ、それがまちがいで斬った親であってもそうすべきだ。かといって、彼を襲った悲運をどう慰めてやったらよいかそのことがわからない。

(おれも勝手な男だ)

新兵衛は夜空をあおぐ。人に厳しいことをいっておきながら、自分はうだつのあがらないぐずな人間ではないか。他人に説教などできる身の上ではないのだ。しかしながら、どんなに貧しい苦境に立っても、決して浅ましい生き方はしたくないと思う。

（貧しくても卑しくなってはいけないのだ）

新兵衛は歩きながら自分にいい聞かせる。

人に乞《こ》い、ねだり、へつらうということはもっとも忌むべきことだった。金や食い物や住むところをなくしても、心まで貧しくなっては、もはやそれは人間とはいいがたいのではないか。人はけだものではないのだ。

そんなことを考えるのは、やはり自分のことを情けなく思っているからだった。窮したあまり、よく知りもしない浜野次郎左の助をした自分が恥ずかしかった。

酔いは醒めていた。

とんぼ屋に寄っていこうか。まだ夜の更けるまでには間がある。新兵衛は自分の長屋のそばまで来ていた。浅草新寺町通り《しんてらまちどお》りで人気のない寂しいところだった。

（寝酒に一杯だけだ）

呑兵衛《のんべえ》の浅ましさであろうが、そのことに関しては心を痛めない新兵衛である。

「曾路里さん……」

ふいの声がかかった。そっちを見ると、ついいましがた考えていた男が暗がりから現れた。月光が暗い目つきをした次郎左の顔を照らしていた。

「……おまえか」

「昼間は不躾《ぶしつけ》なことを申しまして失礼いたしました。このとおりです……」

次郎左は深々と頭を下げて、どうか勘弁してくれと謝った。

「何か用か？」

「へえ、お腹立ちなのはよくわかります。うまくいかないのでつい苛《いら》ついてしまった拙者のせいです。どうか仲直りの印に、酒を奢《おご》らせてもらえませんか。改めて話したいこともありますし……」

新兵衛は殊勝な顔をしている次郎左に猜疑《さいぎ》の目を向けたが、改めての話ということに興味を持った。

「よかろう」

「それじゃ知っている店がありますんで……」

次郎左はそういって、消していた提灯《ちょうちん》に火を入れ、新兵衛の足許を照らしながら案内に立った。

「待っていたのか？」

「どうにも心持ちが悪くて、やはり謝らなければならないと思いまして……」

「ご苦労なことだ」

次郎左が案内したのは、安行寺《あんぎょうじ》門前の小さな居酒屋だった。周囲は寺ばかりで、静かな場所だ。腰の曲がった老夫婦がいて、亭主のほうが耳が遠くなっていれば、老女将《おかみ》のほうは口が利けないということだった。

「二人で一人前なんですよ」

次郎左は土間席に座ってそういう。

酒が運ばれてきて、肴《さかな》が出てきた。肴は何やら肉を煮たものに見えたが、口にするとやわらかくてなんともいえぬ、ぴりっとした味があった。それは山芋と黒糖と小麦粉だけで作ってあり、青唐辛子を隠し味にしてあると、亭主が説明する。なんでも高野山《こうやさん》の僧侶《そうりょ》が考えた精進料理だという。

肴にちょっと感激した新兵衛に、次郎左は「ささ、遠慮なく」と、酒を勧める。店の老夫婦は出すものを出したら奥の上がり框《がまち》に腰掛けて、揃って煙草を喫《の》んでいる。

「それで話とはなんだ？」

酒が進んだところで、新兵衛が切り出した。

「拙者も曾路里さんと同じ浪人者、仕官の道もなく、くる日もくる日も食い扶持《ぶち》を稼ぐのに汲々《きゆうきゆう》しているではありませんか。多少のことには目をつむってもらいたいんです。それも生きるためですから……」

「……なるほど」

「此度《こたび》の件もあまり気乗りする仕事じゃありませんが、やむを得ないでしょう。霞《かすみ》を食って生きることはできませんからね」
「ふむ」
「ささ、どうぞ遠慮なさらず。今夜は拙者持ちですから、どんどんやってください。
おい親爺《おやじ》、もう一本つけてくれ」
「手酌でやるからよい。それで、おぬしの話とはどういうことであるか」
「まあ曾路里さんも元は幕臣だったわけですから、普請方の事情もおわかりでしょ
う。ささ、どうぞ……」
新兵衛は勧められるまま飲む。次郎左に遠慮などいらないのだ。
「ようするに何をいいたいのだ。よくわからぬ」
酒をほして、無粋な顔を次郎左に向ける。
「まあ、お堅いことは抜きで、ようは拙者の不躾を許していただきたいと、そうい
うことです。他意はありません。同じ浪人身分、いがみ合っていてもしかたないで
しょう。いずれまたどこかで会うこともありましょうから、後味の悪いことを忘れ
たいのです」
つまり、次郎左は仲直りをしたいというのであるが、この男はあっけなく掌《てのひら》を返
す信用のおけない人間だ。酒は飲むが、さしてうまいとは思わない。それなのに、

次郎左はやたら機嫌を取るように酌をする。

しばらく次郎左の愚痴とも取れる話に付き合った。自分の身の不運、長引く飢饉《ききん》のお陰で侍奉公もままならぬなどと、新兵衛にとっては愚にもつかぬことだった。

「おぬしの話はわかった。だが、いっておくが、きさまのようにおれは世を儚《はかな》んではおらぬ。儚む前に己のことを見つめることだ。馳走になった」

新兵衛は盃《さかずき》を返して差料《さしりょう》を引きよせた。次郎左のことだから言葉尻《ことばじり》を取って機嫌を悪くすると思ったが、あにはからんや殊勝である。

「引き止めて申しわけありませんでした」

と、詫《わ》びるのである。

三

（あの男も少しわかったのかもしれぬ）

それならまだ救いようがあると、新兵衛は遅れて出てきた次郎左のことをちらりと思った。そのまま自宅長屋に足を向けたが、背後から近づいてくる次郎左に異様な気配を感じた。それは危険をはらんでいた。

新兵衛は片眉《かたまゆ》を動かして立ち止まった。その刹那《せつな》、刀を鞘《さや》走らせた次郎左が、いきなり斬りつけてきたのだ。酔った足でたたらを踏んでかわした新兵衛だが、次郎左は休む暇《いとま》も与えずに、斬り込んでくる。新兵衛はやっと刀の柄《つか》に手をやっただけである。

「てめえ、偉そうな口をたたきやがって……声をかけたのがおれのまちがいだった」

つばを飛ばし吐き捨てるようにいう次郎左の目は、月光をはじき返しぎらついていた。総身に殺気を漂わせ、間合いを詰めてくる。

「なるほど、おれを酒に酔わせて闇討ちをかける魂胆であったか。やはりきさまはとんだ下衆《げす》野郎であったな」

「黙れッ。おい、出てこい。出てくるんだ」

次郎左は新兵衛に刀を向けたまま、闇のなかに声をかけた。どこからともなく、黒い影がひとつ、二つ、三つ……。どうやら仲間を頼んで、最初から闇討ちをかける算段をしていたようだ。

新兵衛は酒臭い息を夜風に流して、ゆっくり刀を抜いた。すでに囲まれていた。

「こいつァ、酔っぱらいだ。恐れることはねえ。たたっ斬るんだ」

新兵衛を取り囲んだ男たちが、間合いを詰めてきた。

「容赦はせぬぞ」

「ほざけ酔いどれ」

「まさに酔いどれとはおれがこと。だが、舐《な》めてかかれば、怪我ではすまぬ」

「口の減らぬやつだ」

次郎左がいい返したとき、右方から頭を狙っての斬撃《ざんげき》が襲いかかってきた。新兵衛はその一撃をはじき返すと、よろつく足で背後から斬りかかってきた男の斬撃をかわしざまに、足の甲を突き刺した。

「うぎゃあー」

片足で立っていられなくなった男は、闇のなかに悲鳴をまき散らし、地を転げまわった。新兵衛はすぐさま刀を構えなおしたが、左横から胴を抜きに来た男がいた。相手は鋭い一撃を見舞ったはずだ。ところが、千鳥足に近い新兵衛はふらりと体を揺らすように（いや、酔っているので自然に揺れるのではあるが）動かすなり、相手の手首を斬り落としていた。

切断された手首が、弧を描きながら宙に舞い、ぼとりと大地に落ちた。その瞬間、新兵衛は正面から撃ち込んできた男の太股《ふともも》を斬っていた。

ざざっと、引いていた足を音をさせて引きつけるや、青眼《せいがん》の構えからゆっくりと、まるい円を描くように刀を動かし、左脇の構えになった。右腰はがら空きだ。

ゴクリと喉《のど》を鳴らしてつばを呑《の》んだ次郎左が、腰を落として間合いを詰めてきた。

もはや饒舌《じょうぜつ》な舌もまわらぬようだ。

新兵衛は酔眼でその動きを静かに見定めている。月が雲に隠れて、あたりが一層濃い闇に包まれたとき、次郎左が動いた。突くと見せかけ、腹を斬りに来た。その剣捌《きば》きは無手勝流ではあるが、なかなか手慣れたものであった。しかし、それまでのことで、次郎左の刀は空を横に薙《な》いでいたに過ぎない。

代わりに新兵衛の刀身が、次郎左の後ろ首にぴたりとあてられていた。次郎左の体が石像のように固まった。

「や、やめてくれ。……き、斬らないでくれ」

ふるえる声を次郎左が漏らした。新兵衛は無言のまま息を吸い、吐きだした。

「なんでもする。有り金をわたすから、頼む、斬らないでくれ。お願いだ。後生だから……」

新兵衛はあまりにも馬鹿らしくて、ふふふっと、小さな笑いを漏らした。だが、腹の内には怒りがとぐろを巻いていた。

「斬り捨てるのは造作ないこと。だが、きさまのような腐ったやつを斬れば、この刀があわれだ」

「……お願いだ。た、助けてくれ」

「闇討ちはきさまの考えであるか？　それとも角田省右衛門殿の指図か？　いずれ

だ。申せ」

「……か、か、角田さんの、さ、指図だ」

次郎左は心底怯《おび》えているらしく、声ばかりでなく足をもふるわせていた。

「浜野次郎左、観念するんだ」

「ひぇえー、ご、後生だ……」

次郎左が情けない声を漏らしたとき、新兵衛の刀は闇のなかで月光をはじき、華麗に宙を舞うように動いた。

一閃《いっせん》、二閃……。

それは目にも留まらぬ鮮やかさで、一瞬後には鞘のなかに納まっていた。

気を許し芯《しん》から酔っていたならとてもできる所業ではない。

二本指で襟を正し、歩き去る新兵衛の背後で、苦痛に耐えかねる次郎左のすすり泣きがしていた。その足許《あしもと》には、両足の親指二本が芋虫のように転がっていた。

四

ドンドンドンとまるで太鼓のような音がしていた。

新兵衛は寝ぼけたまま、祭でも始まったのかと思い、寝返りを打つ。そこへ新た

だ。

まだ家のなかは暗い。羽目板の隙間に、ぼんやりとした朝の光がうかがえるだけ
低く抑えられた声は金吾のものだった。新兵衛は目をこじあけた。

「新兵衛さん、新兵衛さん、起きてください」

な声が耳に忍び込んできた。


半身を起こして、返事をした。

「まだ夜もあけぬうちからなんだ」

「やつが、宮竹征志郎が現れたんです」

新兵衛はぱっと目を覚まして、土間に飛び下りると戸を引き開けた。冷え切った
風が一斉に流れ込んできて、新兵衛の身をすくませた。

「どこだ？」

「音吉の家です。親分が見張っています。新兵衛さんに来てもらったほうが無難な
んで、早いのを承知できたんです」

「よし待っていろ」

新兵衛は急いで着替えると、瓢簞徳利《ひょうたんとっくり》に口をつけて、酒を喉に流し込んだ。足踏
みをして待っている金吾は何度もあくびをしていた。寝ずの番をしていたようだ。

その証拠に目が赤くなっている。

支度を終え表に飛びだすと、急ぎ足で小網町に向かった。朝の早い棒手振《ぼてふり》の姿が見られるくらいで、通りは閑散としていた。紫紺色の東の空に、昇りくる朝日にうっすらと染められた雲が浮かんでいた。

金吾は歩きながら、宮竹征志郎が昨日の暮れ方自宅に戻り、すぐに出かけたので、あとを尾《つ》けたといった。

「そのまま音吉の家に行くのかと思ったんですが、行ったのはあるお武家の屋敷でした」

「誰の屋敷か調べたのだろうな」

「そりゃあぬかりなく。訪ねたのは渡辺統一郎という方の屋敷でした。調べてみると、渡辺という人は普請方改役だといいます」

「なに……」

普請方改役は普請下奉行の下で、上水道や道の保全などの土木工事の必要箇所を改め、その費用を預かり出納を差配する。

「宮竹は小半刻ほどして渡辺さんの屋敷を出ると、そのまま音吉の家を訪ねたんです」

「それでまだ音吉の家にいるというわけだ」

「そういうことです」

新兵衛は道の遠くに視線を投げて、やはり平山宇兵衛を襲ったのは宮竹征志郎だと確信をした。それに、普請方の息がかかっているということは、これはいよいよ角田省右衛門に具合の悪いことが出来《しゅったい》しているからにほかならない。

音吉の家のそばにある線香屋の一部屋で見張りをつづけていた伝七は、一心に眠気と戦っていた。

「新兵衛さん……」

と、振り向けた顔はやつれたように、疲れがにじんでいた。

「よくやったな。岡部さんもおぬしらのはたらきには、今度ばかりは感心するだろう」

「今度ばかりは余計です」

伝七は減らず口をたたく。それだけいえれば、眠気などたいしたことはないだろう。新兵衛は隣に腰をおろした。すでにあたりは明るくなっており、雲間から朝日が斜めに射している。表では雀たちが楽しそうにさえずっていた。

「宮竹は音吉の家にいるんだな」

「仲良く乳繰りあってるんじゃないですか」

「すると、すぐには出かけないだろうな」

新兵衛は音吉の家に目を注いでから、言葉をついだ。

「伝七、おれと金吾は宮竹の家に行く」

「何しに行くんです？」

「宮竹が幸吉殺しの下手人なら、返り血を浴びた着物があるはずだ。捨てているかもしれないが、たしかめたい。もし、宮竹が音吉の家を出たら、うまく話をしてお米婆さんの店の道におびき出せ」

「そりゃ向こうの勝手ですぜ」

「そこをうまくやるんだ。そうだ、こうしよう。宮竹は普請方改役の、渡辺統一郎とつながりがある。その渡辺が呼んでいるといえば……いや、それはまずいかもしれぬ」

言葉を切った新兵衛は思案した。昨夜、宮竹と渡辺がどんな話をしたかわからないが、今日の予定を決めてあるなら不審がられる。

「渡辺ではなく、普請下奉行の角田省右衛門からの呼びだしにしろ。そっちのほうが無難だろう」

「わかりやした。それで新兵衛さんは？」

「おれはお米婆さんの店で待っている。婆さんに宮竹の顔を拝ませるんだ」

新兵衛はそれだけをいうと、また金吾といっしょに表に出た。もうすっかり明るくなっている。路地から納豆売りが出てくれば、入れ替わるように魚屋が路地に消えていた。

宮竹征志郎の家の戸はしっかり閉まっていた。あまり派手なことはできないので、裏にまわり、雨戸を器用に開けて屋内に侵入した。

「金吾、おまえは表で待て。手間はかけないが、もしもってことがある。宮竹が現れたら、雨戸に石をぶつけて知らせるんだ」

へえと返事をした金吾は表に戻っていった。

新兵衛はうす暗い家のなかに目を慣らすと、居間から座敷に入った。がらんとしていて飾り気のない部屋だ。その奥に寝間がある。襖《ふすま》を開けて入った。戸締まりがしっかりされているので、雨戸を小さく開けて外のあかりを入れると、部屋のなかの様子がわかった。

衣桁《いこう》に着物が無造作に掛けられていた。新兵衛は着物を手にして、目を凝らした。血痕《けっこん》は見られない。つぎに羽織を見た。

あった。

点々とした血痕が模様のように広がっていた。

(おそらく幸吉殺しはやつにちがいない)

新兵衛は表情を厳しくして、その羽織を証拠の品として持ち去った。

「ありましたか?」

金吾が新兵衛の手にした羽織を見ていう。

「金吾、おまえはもう一度伝七のもとへ行け。おれは先にお米婆さんの店に行っている。首尾よくやるのだ。よくよく伝七にいい聞かせるのだ」

「へえ、承知です」

金吾が緊張の面持ちで走り去ると、新兵衛はお米の店に向かった。

五

お米は店の前に出してある縁台にちょこなんと座って、乾いた飯粒を地面に放り投げていた。それをめあてに雀たちが集まっていて、ちゅんちゅんさえずりながら飯粒をついばんでいる。

「なんだい、あんた……」

新兵衛に気づいたお米が、顔を向けて目をしょぼつかせた。

「なんだいとは何だ？」

「早いからさ。まだ日も暮れちゃいないっていうのに」

「日が暮れずとも婆さんに会いたくなったら来るのだ。それとも迷惑か」

「ふん、口がうまくなりやがって……酒かい」

「ついでだ。もらおう」

「何がついでだ。まったく……」

　ぶつぶつ小言をいいながら店に入るお米に、

「婆さん、ここでいい」

　と、新兵衛はお米が座っていた縁台に、どすんと腰をおろした。雀たちが驚いたように飛び去った。

「どうしたんだい？」

　お米がなみなみと酒を注《つ》いだ、大きめのぐい呑《の》みをわたしながらいう。

「煙管《キセル》を落とした侍のことだが、婆さんは顔を忘れたが、会えばわかるようなことをいったな」

「会えばわかるだろうよ。そこまで耄碌《もうろく》しちゃいないさ」

　お米は新兵衛の隣に腰をおろしていう。

「それじゃこれはどうだ？」

　新兵衛は宮竹征志郎の家から盗んできた羽織を見せた。縹《はなだ》色の紬《つむぎ》である。お米はその羽織にじっと目を凝らした。

「どうだ……」

「そっくりだよ。紬だからいいものを着ているなと思ったんだ」

お米はそう答えて、歯のない口をもぐもぐさせて、このしみは血かと、新兵衛を見る。

「おそらくそうだ」

応じた新兵衛は酒を飲んで、言葉をついだ。

「これから男が来ることになっている。そいつがその羽織を着ていたやつかどうか見定めてくれ」

「煙管を落としていった男だね」

「そうだ」

「そいつは人殺しかい」

「ひょっとすると、そうかもしれぬ」

二人はまるで親子のように縁台に座ったまま、秋の日射しを受ける荒れた田畑を眺めた。百姓の姿が遠くにあるだけだ。例年なら畑を耕したり、野菜を採る百姓がいるが、夏の洪水のあとの旱魃《かんばつ》で畑地は干あがっている。昨冬は冷害にも見舞われていた。諸国もそうなら江戸も同じだった。

二人はとりとめのない話を、思いだしたようにぽつり、またぽつりと話した。新兵衛はお米といると、なぜか安心を覚え、心が穏やかになる。不思議な婆さんだと思う。

「あんた、迷いごとがあるな」

「いきなり妙なことを……」

　と、新兵衛はお米を見る。

「顔に出ているよ」

　お米はそういってそっぽを向く。

「先行きどうするか、ときどき考えるようになった」

「ふん、しょうもないことを……なるようにしかならないだろう」

「そんなもんか……」

「そういうもんさ。あんたは好きで浪人になったんじゃない。かといって、もう元にゃ戻れない。そりゃあ、人はあんたのようになれば、先行きの不安で落ち着かなくなる。だからといって何ができる？　仕官の口はないだろう。それとも職人になるか？　百姓になって畑を耕すか？　まさかお店奉公もできやしないだろう」

　新兵衛は黙っていた。いわれるとおりだ。

「世間にはあんたのような変わり者がいても迷惑じゃない。そうだろう。あたしにゃわかってるんだ。……あんたはまっすぐな男だ。人の道を踏み外すようなことはしない。だから、こっそり人助けをしている。それのどこが悪い」

「………」

「それで食っていけりゃいいじゃないか。仕官したって、百姓になったって、満足な稼ぎなんかできやしないんだ。だったらいまの暮らしでいいじゃないか。そして野垂れ死ぬんだ。迷うだけ損だ。だったら人助けしな。それがあんたらしいよ」

新兵衛は黙り込んだまま、ずっと遠くを見ていた。そうかもしれないと思う。お米のいっていることは正しいと思う。変わり者の浪人のどこが悪い。それでいいではないか。

（そして、おれは野垂れ死ぬのだ）

そう思うと、胸の内にわだかまっていたものが払われ、心が軽くなった。

「……婆さん、いいことという。嬉《うれ》しいぜ」

新兵衛は酒に口をつけた。

「無駄に年は食っちゃいないんだ」

お米はそういって手にしている羽織に目を戻した。それから思い出したといった。

「あの侍の顎《あご》だ。肉づきがよくて、顎が割れていたよ」

といって、お米はつぶらな目をみはっていた。新兵衛は昨夕、平山宇兵衛を襲った男のことを思い浮かべたが、顎までは見ていなかった。

新兵衛が見ると、

それから間もなくして、田原町のほうから駆けてくる金吾の姿が見えた。新兵衛を見ると、さらに足を速めてそばまでやってきた。

「新兵衛さん、いま来ます。親分の口のうまさには舌を巻きます。宮竹はあっさり角田という役人からの呼びだしだと思っているようです」

「婆さん、間もなく伝七がその宮竹という男とやってくる。顔を見てくれ。煙管を落とした男かどうかたしかめてくれ」

新兵衛はお米を見た。

「わかったよ。見りゃわかるよ」

伝七と宮竹征志郎の姿が見えたのは、それからすぐのことだった。新兵衛は目を凝らした。お米も息を殺したように、やってくる宮竹を見ている。互いの顔が見えるような距離になったとき、新兵衛はゆっくり立ちあがった。

宮竹が立ち止まった。顔にわずかな驚きが刷《は》かれた。

「きさまは……」

「覚えていてくれたか」

新兵衛は宮竹に近づいた。

「何用だ？　昨日のつづきでもやると申すか……」

宮竹の目に残忍な色が浮かんだ。

「斬り合いはごめんだ。だが、おぬしには聞かねばならぬことがある。浅草田町の五人組の幸吉という男を知らぬか」

新兵衛は心の動きを読み取ろうと、宮竹の目を凝視した。変化はない。心の動静を表情に出さない術を知っているのだ。

新兵衛は六尺近い大男だから、宮竹を二寸ほど見下ろす恰好《かっこう》である。それでも、お米がいったように、肉厚の顎の真ん中に深いしわがあった。

「与《あずか》り知らぬことだ。用がなければどけ。先を急ぐのだ」

「ほう、どこへ行くつもりだ。まさか普請下奉行の角田省右衛門に会いに行くというのではないだろうな。だったら無駄だ。角田殿はお城か自分の屋敷だろう」

「なに……」

宮竹の目に怒りが満ちていった。

「婆さん、どうだ？」

「その男だね」

お米の返答で、新兵衛は確信した。

「宮竹征志郎、幸吉を斬ったのはきさまだな。もはやいい逃れはできぬ。きさまは幸吉を斬ったその足で、この店で水を所望し、そして煙管を落としていった。これがそうだ」

新兵衛は蜻蛉《とんぼ》の意匠を施してある煙管を出して掲げた。

宮竹は黙っていたが、目に殺意の色を浮かべた。さらに、新兵衛はお米が手にしていた羽織を奪うように取ると、目の前にかざした。

「これはきさまが幸吉を殺した日に着ていた羽織だ。返り血がついている。ここまで証拠があってはいい逃れはできまい。観念することだ」

「ほざけッ！」

吼《ほ》えるようにわめいた宮竹が刀を抜いた。

六

刀を向けられた新兵衛は、ゆっくりとお米のそばに戻ると、ぐい呑《の》みをつかんで酒を一気にあおった。

「ういっ」

宮竹は一瞬、虚をつかれた顔をした。その刹那《せつな》、新兵衛の手から勢いよく、空のぐい呑みが宮竹の顔面目がけて飛んでいった。

「こやつ……」

ぐい呑みを避けた宮竹は、履いていた雪駄《せった》を後ろに跳ね飛ばすように脱ぐと、すっと腰を落とした。新兵衛も刀の柄《つか》に手を添え、宮竹に正対した。

互いの間合い二間――。

宮竹は青眼《せいがん》に構えていた。

新兵衛もゆっくり刀を抜くと、青眼に構えた。ふっと、酒臭い息を風に流すと、小手を右に返し右掌《てのひら》を空に向ける。自然と横に倒れた刀身が、きらりと日の光をはじいた。

裸足《はだし》の宮竹が爪先で地面を噛《か》みながら間合いを詰めてくる。新兵衛は酔ったように目を細めた。

酔眼の剣――。

宮竹の足が止まった。こめかみがヒクッと震えるように動く。

新兵衛はわずかに左足を後ろに引く。右肘《みぎひじ》は脇についている。体と刀が直角になっている構えだ。新兵衛の乱れた総髪が風に揺れた。

見守っている伝七がゴクリと、喉仏《のどぼとけ》を動かしてつばを呑んだ。金吾は息を止めて成り行きを見守っている。お米はひからびた唇を、舌先で舐《な》め、膝《ひざ》に置いた手をにぎりしめた。

宮竹がすすっと前に出た。新兵衛は動かない。さらに宮竹が間合いを詰め、袈裟《けさ》懸けに刀を振ってきた。新兵衛は後ろに引いた左足を引きつけて、体を開いてかわした。

間髪を容《い》れず、宮竹が逆袈裟に斬りあげる。新兵衛は半歩後ろにさがってかわす。

宮竹の形相が変わった。固く結ばれた口がへの字に曲がり、まなじりを吊《つ》りあげる。

「この……」

低くつぶやいた宮竹が、大きく足を踏み込み、胴を抜きに来た。新兵衛の刀が弧を描くように動き、宮竹の刀をはじき返した。

しかし、宮竹はその反動を利用して、すかさず真正面から撃ち込んでくる。新兵衛は体を開きながら、刀を宮竹の刀にからめるように受け止めるなり、突き飛ばした。宮竹は大きく後退して身構えたが、そのとき新兵衛の刀が思いもよらぬ速さで、動きを制するように、一閃《いっせん》、二閃、三閃……。

刃風がうなるたびに、宮竹は身をそらし、防御一辺倒になった。しかし、それは一瞬のことで、新兵衛は攻撃の手を休めて大きく下がった。

宮竹の顔色が変わっていた。額に大粒の汗が浮かび、肩で荒い息をした。新兵衛は据わったような酔眼で、刀をだらりと下げていた。しかも右手一本で持っている。それなのに、宮竹は隙を見出《みいだ》せないのか、前に出てきてはすぐに下がり、今度は右にまわりはじめた。

新兵衛は右足を軸にして宮竹の動きにあわせる。宮竹が上段に振りあげた刀を、素早く撃ち込んできた。新兵衛が受け止めると、飛び退《の》きざまに胴を払い斬った。

しかし、それは空を切ったから、またもや宮竹は前に出てきて新兵衛の喉元《のどもと》へ突きを送り込む。新兵衛は下からその刀を撥《は》ねあげた。

「助太刀いたす！」

タタタッと駆けてきた男が、二人の間に入って立った。宇兵衛だった。

「無用だ」

新兵衛は制したが、宇兵衛は迅雷の突きを宮竹に送り込み、かわされるなり袈裟懸けに斬りつけた。思いもよらぬ展開に慌てたのか、宮竹の体勢が崩れた。踏み込んだ宇兵衛ががら空きの背中に一刀を見舞った。

「斬るなッ！」

新兵衛の胴間声に、宇兵衛の刀がすんでのところで、ぴたりと止まった。それは宮竹の後ろ首のあたりである。そのまま刀を引くだけで、宮竹の頸動脈《けいどうみゃく》を切断できた。

宮竹は動けないでいる。脂汗が額を滑り落ち、日の光に曝《さら》された顔は蠟《ろう》のように青くなっている。

「宮竹、刀を捨てろ。さもなくば命はない」

新兵衛が近づいていった。唇を悔しそうに噛んだ宮竹は、観念したように刀を捨

てた。宇兵衛がそれを遠くへ蹴《け》って、

「きさま、何の狙いがあってこんなことを……」

と、宮竹の襟をつかんだ。その顔がはっとなって新兵衛を見た。新兵衛は首を横に振り、

「伝七、そやつに縄だ」

と指図した。

あっという間に伝七と金吾が、宮竹を縛りあげた。

「へえ、肝が冷えましたぜ。どうなることかと思っちまったが、やっぱり新兵衛さんだ」

伝七がほっとした顔でいう。

「宮竹、幸吉を殺したのはきさまだな」

新兵衛は問うたが、宮竹はだんまりを決め込んでいた。

「……まあよい。これから先の調べはおれの仕事ではない。伝七、こいつの調べはおまえと岡部さんの役目だ。連れてゆけ」

そういった新兵衛は蜻蛉の煙管《キセル》と、お米が持っていた宮竹の羽織を伝七にわたした。

「新兵衛さんは？」

「おれの出番はここまでだ。さあ、行け」

伝七は田原町の自身番に、宮竹を押し込むといって去っていったが、すぐに駆け戻ってきた。

「新兵衛さん、いつもすまねえですね。岡部の旦那《だんな》が出てくる前に、何もかも片づいちまった。恩に着ます」

伝七は懐の財布を、そのまま新兵衛の懐に押し入れた。

「おい」

「いいんです。あっしは岡部の旦那から褒美が出ます。じゃあ、そういうことで……」

伝七はにやっと片頬に笑みを浮かべて駆け去った。

新兵衛と宇兵衛は顔を見合わせた。

「あれでいいんですか？」

宇兵衛が不思議そうな顔をする。新兵衛はいいのだと、まったく取りあう素振りも見せず、お米を見て、

「婆さん、腹が減った」

といった。

新兵衛と宇兵衛は店に入って向かい合った。

「なぜ、斬らなかったのです？」

開口一番、宇兵衛が聞いてきた。

「斬らなかった……」

「拙者は気づきました。曾路里さんは、すでにあの男を斬っていた。しかし、紙一重のところで外していた。躊躇《ためら》いでも間合いをまちがったのでもない。わざと斬らなかった。あの男の後ろ襟と、袖下《そでした》はすっぱり切れていた」

「ふむ……」

新兵衛はお米が持ってきた酒に口をつけ、

「斬れば幸吉殺しはわからなくなってしまう。あの男は自らの口で白状しなければならぬ。どんなに強情でも、町方の拷問に耐えられる者はいない。そういうことだ」

といって、怪訝《けげん》そうに宇兵衛を見た。

「しかし、なぜここに？」

「はい。曾路里さんに礼を申さねばと思い、会いに行くところでした」

「………」

「考えた末、国許《くにもと》に帰ることにしました」

新兵衛はわずかに目をみはった。

「やはり曾路里さんのおっしゃるように、わたしはどんな咎《とが》を受けようが、正々堂々と調べを受ける覚悟です。だが、その前にできることをやりたいと考えます」

「それは……」

「母を殺した下手人を草の根わけてでも捜します。命惜しいばかりに逃げてきましたが、それは卑怯《ひきょう》なことでした。親の仇《かたき》を討つことができれば、思い残すことはありません」

「……よくぞ決心された」

「仇を捜せず、罰を受けることになるやもしれませんが……」

「それでいつ江戸を発《た》たれる？」

「明日にでも……」

新兵衛は窓の外を見た。それから無精ひげをぞろりと撫《な》で、

「おれもそなたの国へまいろう」

といった。

「は……」

「だが、その前にやることがあるはずだ。水路の一件だ。これを片づけなければならない。平山殿には付き合ってもらう。よいか」

目に力を込めていうと、宇兵衛は承知したと深くうなずいた。

七

傾いた日が、遠くに見える冠雪した富士《ふじ》を赤く染めていた。暮れなずむ空に雁《かり》の群があり、弱い木漏れ日の射す道に木の葉が舞った。

新兵衛と宇兵衛は、角田省右衛門の屋敷前に立っていた。

角田家の家士は主人の帰りはまだだが、遅くはならないはずだといったので、そろそろ角田が帰ってきてもいいころだった。

新兵衛は何度か空を仰ぎ見ては、通りの先に目を向けた。宮竹征志郎を捕縛したことで、角田省右衛門の内情はすべてあからさまになるはずだった。もっとも、それは町奉行所の調べもはいるだろうが、公儀目付の調べによってのことである。

しかし、新兵衛は宮竹が自害をしたら、角田の悪計は封印されると危惧《きぐ》した。そうなっては、浅草田町の者たちは冷や飯を食いつづけるだけで浮かばれることがない。ここは角田に釘《くぎ》を刺し、確約を取り付けておく必要があった。

いよいよ日が翳《かげ》り、あたりが薄闇におおわれたころ、供侍を連れた武士が現れた。角田省右衛門は役高百俵であるから、徒歩である。供の数も五人と少ない。

「あの男ですか……」

　宇兵衛は近づいてくる男を見ていう。

「わからぬが、そうだと思う」

　新兵衛が応じるうちに、近づいてくる侍が不審そうな目を向けてきた。裃《かみしも》姿である。白い小鬢《こびん》に、霜を散らした髷《まげ》。初老の男であるが、足取りも目つきもしっかりしている。

「角田庄右衛門殿であろうか？」

　新兵衛が声をかけると、相手が立ち止まり、浪人のなりをしている新兵衛と宇兵衛を値踏みするように見た。それには蔑《さげす》みの色がまじっていた。

「そこもとらは……」

「拙者は曾路里新兵衛と申す」

　角田の眉《まゆ》がぴくっと動いた。

「拙者は平山宇兵衛」

　角田の面上に驚きが浮かんだ。

「どうやら耳に入っているようでござるな」

　新兵衛は一歩進み出た。

「何用だ？」

「ほう、拙者と平山殿の名を聞いて、何用だとは異なこと。念に及ばぬことではござらぬか。それとも……」

「話は屋敷で聞こう」

遮っていう角田の顔に焦りがあった。

「それには及びませぬ。不都合であればお人払いを……」

新兵衛は角田から供の侍たちに目を向けた。

「……よかろう」

応じた角田は、家来たちを屋敷内に立ち退《の》かせた。

「まさか、わしを斬るというのではあるまいな」

「ふふっ、なにゆえそのようなことを……。されば思いあたることでもございましょうか」

夕まぐれのなかでも角田の顔が朱に染まるのがわかった。

「浅草田町の五人組の一人、幸吉が殺された一件はご存じだろうと思うが、下手人を捕縛した」

角田の眉が動いた。

「宮竹征志郎という浪人である」

「そのような者は知らぬ」

「それは面妖《めんよう》な。宮竹は角田殿の下役である、渡辺統一郎殿の息がかかっている。

いずれ、何もかも町方の手によって宮竹は白状するであろう」

「やくたいもないことを、わしを愚弄《ぐろう》しに来たのか。そうであれば帰れッ」

「いやいや、そういうわけにはまいりませぬ。角田殿には情理を尽くしてもらわねば、その首が飛ぶことになりましょう。宮竹が捕縛されたいま、その首は薄皮一枚でつながっているのも同じ。ここで約束をしてもらいたい」

「何の約束であるか。たわけたことぬかすでない」

新兵衛は取りあわず、宇兵衛を見た。

宇兵衛は浅草田町の水路普請のずさんさと、そのことによって町人や百姓らが不安を抱えながら暮らしていること、人道にもとる訴えを退ける工作がされたことなどを述べ立てた。

「そのようなことはわしの与《あずか》り知らぬことだ」

「無責任ではござらぬかッ！」

語気を荒らげた宇兵衛は、懐から一通の書状を取り出した。

「これはすでに浜野次郎左なる者にわたしてある書面と同じものでござる。これまでの経緯を知るかぎり、普請方には不正があったとしか思えぬ。しかるべきお役に通達すれば、角田殿の身の上はいかなることに……」

口辺に笑みを浮かべる宇兵衛を見る角田の表情が、凍りついたようにこわばり、片頰が引き攣《つ》れたようにふるえた。

「……どうしろと申すのだ」

角田が折れた。新兵衛はすかさず言葉を重ねた。

「やることはひとつ。早速にも水路普請と橋の架け替えに取りかかってもらう。そのことをここで約束してもらう。普請下奉行といえど、角田殿は古株だとお聞きしている。普請奉行にも無理はとおるはず。御身安泰でありたければ、身命を擲《なげう》ってでもおはたらき願いたい」

「くっ……」

悔しそうな声を漏らした角田は、にぎりしめた拳《こぶし》をふるわせたが、

「わかった。出来るかぎりのことをする」

新兵衛が矢立を取り出すと、前もって用意していた起請文《きしょうもん》に署名をさせ、血判を捺《お》させた。これで角田はいい逃れはできない。必死になって再普請の工作にかかるはずだ。そうしなければ、身の破滅を招くことになる。

「曾路里さん、あの角田殿が約束を果たしたとしても、その前に召し捕らえた宮竹征志郎が何もかも白状すれば、この起請文は無駄になるのではありませんか」

角田と別れたあとで、宇兵衛がいった。

「いや、これは念のための約束状。角田の命運がどう転ぼうと、再普請は行われる

ことになるはずだ」

「いかにも」

「平山殿、このこと帰ったら早速七蔵に伝えるがよかろう」

「もとよりそのつもりでございます」

「それで国許《くにもと》にはいつ……」

宇兵衛は少し考えたあとで答えた。

「明日の朝早く発《た》とうと思います。腹をくったからには、のんびりはしておれません」

「さようか。ならば、おれも付き合おう」

「え……」

意外な顔をした宇兵衛に、

「付き添いだ。貴公の国まで付き合う」

と、いって口許に笑みを浮かべた。

八

翌朝、川霧に包まれた小名木川《おなぎがわ》を一番船が東へ向かっていた。その船に新兵衛と宇兵衛は乗っていた。行徳《ぎょうとく》（現・市川《いちかわ》市）へ着いたらその足で、佐倉まで進み、一泊ののち宇兵衛の国である多古に入る予定であった。

天気に恵まれ、乗り込んだ行徳船は滞ることなく本行徳に到着した。ここからは徒歩である。急ぐ旅ではないから、二人は体に負担がかからないように、途中で何度か休んだ。

佐倉に着いたのはまだ日の高い昼下がり時分であった。宇兵衛は明日のことを考えているのか、だんだんに口数が少なくなった。新兵衛はそんな宇兵衛の心中を慮《おもんぱか》って無用な言葉をかけないようにした。

その夜、旅籠《はたご》で酒を差し向けあった。

「曾路里さんには、なにかと世話になりました。明日は拙者だけで発ちたいと思いますゆえ、どうぞ江戸にお戻りください」

「ここまで来たのだ。それはできぬ」

「しかし……」

「気にすることはない。どうせ江戸に戻っても急ぎの用事などないのだ」

新兵衛は宇兵衛と接するうちに、その実直な人柄にますます好感を持つようになっていた。また、男の散り際を見届けてやろうという気持ちもあった。

翌朝、旅籠を出てからは、宇兵衛はすっかり無口になった。しかし、目は生き生きとしており、少しも怯《ひる》みがなかった。敢然と自我の悔悟に向き合っているのだ。その後ろ姿には孤影が漂っていたが、気高くもあった。

道は狭くなったり、曲がりくねったりをつづけ、山道を上り、そして下った。

「もうここは領内でございます」

宇兵衛が立ち止まって新兵衛を振り返った。そこは加茂《かも》という村で、前方に低い山があった。やわらかな日射しを受ける山の木々は、紅葉しはじめていた。

二人は山道を上り、途中の湧き水で喉《のど》を潤して山道を下った。

「この坂を下りたらすぐです。ここまで付き合ってくださり、かたじけのう存じます」

「いやいや、気にすることはない」

新兵衛は腰に下げていた瓢簞徳利《ひょうたんとっくり》を空にしていた。宿内に入ったら早速都合しようと頭の隅で考える。

(不謹慎なやつだ)

自分のことを嘲笑《ちょうしょう》しながら、宇兵衛のあとにつづく。

山を下り染井という村を過ぎると、人の数が増えた。侍もいれば町人もいる。しかし、江戸と違って人の数も商店もめっきり少ない。

陣屋敷前の町屋を過ぎた。その間、宇兵衛は菅笠《すげがさ》で顔を隠すように歩いたが、それと気づいて怪訝そうな顔をする者が何人かいた。

「まずは自宅屋敷に戻りたいと思います」

宇兵衛はそういって足を急がせた。

「や、これは」

と、宇兵衛に気づいたらしい侍がいたが、宇兵衛は知らぬふりを装って歩きつづけた。

橋をわたった閑静な場所に宇兵衛の屋敷はあった。前庭を配した質素な佇《たたず》まいで、当然のことながら雨戸は閉め切られていた。

玄関に入って、新兵衛は座敷にいざなわれた。

「いま茶を淹《い》れます。足を崩しておくつろぎください」

「茶は結構。できれば……」

「どぶろくでしたらあるはずです。それでよければ」

「かまわぬ」

新兵衛が静かに待っていると、遠くから騒がしい声が届いてきた。それはあたかも鬨《とき》の声のようであった。台所に立っていた宇兵衛の背中が、緊張したように固まっていた。

新兵衛は立ちあがると、雨戸を少し開いて声のほうに目を向けた。

垣根の向こうに広がる畑の先に、旗指物を携え、槍《やり》を持った集団があった。二、三十人はいそうだ。

「……狭いところです。もう拙者のことが知れたのかもしれませぬ」

どぶろくを持ってきた宇兵衛が座敷に座って、どうぞと勧めた。

「仇《かたき》を探す間もないようです」

「………」

「卑怯《ひきょう》にも逃げたその仕打ちでしょう。しかし、わたしは大義を持って罪に甘んじましょう。さあ、どうぞ遠慮なく」

酒を勧める宇兵衛の顔は穏やかであった。

遠くで聞こえていた声が徐々に近づいていた。

「こっちに来るようだ」

新兵衛はぐい呑《の》みを持ったまま表に向けた。

「もう何が起ころうと覚悟はしております」

腹をくくっているのか、宇兵衛は達観した顔にやわらかな笑みさえ浮かべた。

「貴公は悪いことはしておらぬのだ」

「いえ、親を置き去りにして、この国から逃げたのです。それに両親の死体がありません。調べに入った者が片づけてくれたのでしょう。……わたしは不孝者だ」

宇兵衛は込みあげるものを堪《こら》えるように天井に目を向けた。そのとき表から蹄《ひづめ》の音が聞こえてきた。騒ぎの声も近づいている。

「平山、平山！」

突如、大きな声が届いてきた。宇兵衛の顔がこわばった。

「宇兵衛、帰ってきたのだな。おれだ、高田弥九郎だ！　出てこい。殿からの沙汰《さた》
が出ているのだ」

宇兵衛はひとつ息を吐いて、両手をついた。

「曾路里さん、お世話になりました。どうやら命運尽きたようです。曾路里さんの
ご恩、かたじけのう存じます」

「………」

新兵衛は黙って宇兵衛を見つめるしかなかった。

もう一度呼ぶ声がして、宇兵衛は立ちあがった。

「平山殿、何も恥じることはない。貴公は立派である」

新兵衛はそういって宇兵衛を見つめた。

「はは……」

宇兵衛はわずかに目を潤ませたようだった。唇をくっと引き結ぶと、そのまま玄
関に向かい表に出た。新兵衛もあとを追った。

門口に馬をつないだ武士が立っていた。高田弥九郎と名乗った男だ。先の道から十数人の男たちが駆けてくる。

「宇兵衛、帰ってきたか。待っていたのだ」

弥九郎が宇兵衛に近づいた。

「弥九郎、すまなかった。おぬしにも迷惑をかけたのであろう」

「何をいっておる。殿のご慈悲だ。親を殺されてじっとしておれなくなったおぬしは、仇を討つために賊を捜しに行ったのだ」

「……なに」

弥九郎は片目をつむり、そのようになっているのだと声をひそめて、また言葉を足した。

「おぬしの無念なる胸の内、目付も殿もよくわかってくださった。それに喜べ。おぬしの親を殺した賊を召し捕らえた」

「まことか……」

宇兵衛は信じられないという顔で、弥九郎に歩み寄った。

「嘘なんかいえるか。おぬしにはみんなが情けをかけてくれている。さあ、おれと陣屋に行き殿に挨拶《あいさつ》をするのだ」

「曾路里さん……」

思いもよらぬ展開に、宇兵衛が振り返った。曇りがちだったその顔には、新たな希望の光が満ちていた。

「平山殿、天は見ていたのだ」

そういった新兵衛は満面に笑みをたたえ、

「さあ、胸を張って行かれるがよい」

と、宇兵衛を送りだした。

遅れて駆けつけてきた者たちが、

「平山、仇を捕まえたぞ」

「大儀であったな」

「これでおぬしの親も浮かばれる」

みんなは宇兵衛に励ましの声をかけるのだった。

新兵衛は晴れわたった空をあおぎ見、

(ついてきてよかった)

と、心の底から思った。

いつになく冷たいはずの風を、心地よいほど暖かく感じたのは、おそらく新兵衛だけではなかったはずだ。

新兵衛が江戸に戻って三日後のことだった。

浅草田町の水路に、大勢の人足たちがそれぞれに、畚《もっこ》や鍬《くわ》を担いで歩く姿が見られた。

その様子を眺めた新兵衛は、懐手をして空をあおぎ見て普請場に背を向けた。お米にいわれたように、自分はこのまま世間に流されて生きていくのだという思いがあった。

（それでよいではないか……それでよいのだ）

新兵衛は自分にいい聞かせながら、乾いた野路を歩きつづけた。

侍《さむらい》の大義《たいぎ》

酔《よ》いどれて候《そうろう》 5

稲葉《いなば》稔《みのる》

平成23年 12月25日　初版発行
令和6年 12月10日　6版発行

発行者●山下直久

発行●株式会社KADOKAWA
〒102-8177　東京都千代田区富士見2-13-3
電話　0570-002-301（ナビダイヤル）

角川文庫 17165

印刷所●株式会社KADOKAWA
製本所●株式会社KADOKAWA

表紙画●和田三造

●お問い合わせ
https://www.kadokawa.co.jp/（「お問い合わせ」へお進みください）
※内容によっては、お答えできない場合があります。
※サポートは日本国内のみとさせていただきます。
※Japanese text only

ISBN978-4-04-100069-4　C0193

角川文庫発刊に際して

角川源義

第二次世界大戦の敗北は、軍事力の敗北であった以上に、私たちの若い文化力の敗退であった。私たちの文化が戦争に対して如何に無力であり、単なるあだ花に過ぎなかったかを、私たちは身を以て体験し痛感した。西洋近代文化の摂取にとって、明治以後八十年の歳月は決して短かすぎたとは言えない。にもかかわらず、近代文化の伝統を確立し、自由な批判と柔軟な良識に富む文化層として自らを形成することに私たちは失敗して来た。そしてこれは、各層への文化の普及滲透を任務とする出版人の責任でもあった。

一九四五年以来、私たちは再び振出しに戻り、第一歩から踏み出すことを余儀なくされた。これは大きな不幸ではあるが、反面、これまでの混沌・未熟・歪曲の中にあった我が国の文化に秩序と確たる基礎を齎らすためには絶好の機会でもある。角川書店は、このような祖国の文化的危機にあたり、微力をも顧みず再建の礎石たるべき抱負と決意とをもって出発したが、ここに創立以来の念願を果すべく角川文庫を発刊する。これまで刊行されたあらゆる全集叢書文庫類の長所と短所とを検討し、古今東西の不朽の典籍を、良心的編集のもとに、廉価に、そして書架にふさわしい美本として、多くのひとびとに提供しようとする。しかし私たちは徒らに百科全書的な知識のジレッタントを作ることを目的とせず、あくまで祖国の文化に秩序と再建への道を示し、この文庫を角川書店の栄ある事業として、今後永久に継続発展せしめ、学芸と教養との殿堂として大成せんことを期したい。多くの読書子の愛情ある忠言と支持とによって、この希望と抱負とを完遂せしめられんことを願う。

一九四九年五月三日

角川文庫ベストセラー

喜連川《きつれがわ》の風
参勤交代
稲葉稔

喜連川藩の小さな宿場に、二藩の参勤交代行列が同日に宿泊することに！　家老たちは大慌て。宿場や道の整備を任された喜連川藩の中間管理職・天野一角は奔走するが、新たな難題や強盗事件まで巻き起こり……。

喜連川《きつれがわ》の風
切腹覚悟
稲葉稔

不作の村から年貢繰り延べの陳情が。だが、ぞんざいな藩の対応に不満が噴出、一揆も辞さない覚悟だという。藩の中間管理職・天野一角は農民と藩の板挟みの末、中老から、解決できなければ切腹せよと命じられる。

喜連川《きつれがわ》の風
明星ノ巻（一）
稲葉稔

石高五千石だが家格は十万石と、幕府から特別待遇を受ける喜連川藩。その江戸藩邸が火事に！　藩の中間管理職・天野一角は、若き息子・清助を連れて江戸に赴くが、藩邸普請の最中、清助が行方知れずに……。

喜連川《きつれがわ》の風
明星ノ巻（二）
稲葉稔

喜連川藩で御前試合の開催が決定した。勝者は名家の剣術指南役に推挙されるという。喜連川藩士・天野一角の息子・清助も気合十分だ。だが、その御前試合に不正の影が。一角が密かに探索を進めると……。

大河の剣（一）
稲葉稔

川越の名主の息子山本大河は、村で手が付けられないほどのやんちゃ坊主。だが大河には剣で強くなりたいという想いがあった。その剣を決してあきらめないという強い意志は、身分の壁を越えられるのか――。

角川文庫ベストセラー

恋蛍
流想十郎蝴蝶剣
鳥羽亮
人違いから、女剣士・ふさに立ち合いを挑まれた流想十郎は、逆に武士団の襲撃からふさを救うことになり、出羽・倉田藩の藩内抗争に巻き込まれる。恐るべき殺人剣が想十郎に迫る！　書き下ろしシリーズ第4弾。

愛姫受難
流想十郎蝴蝶剣
鳥羽亮
目付の家臣が斬殺され、流想十郎は下手人の始末を依頼される。幕閣の要職にある牧田家の姫君の輿入れを妨害する動きとの関連があることを摑んだ想十郎は、居合集団・千島一党との闘いに挑む。シリーズ第5弾。

双鬼の剣
流想十郎蝴蝶剣
鳥羽亮
大川端で遭遇した武士団の斬り合いに、傍観を決め込もうとした想十郎だったが、連れの田崎が劣勢の側に助太刀に入ったことで、藩政改革をめぐる遠江・江島藩の抗争に巻き込まれる。書き下ろしシリーズ第6弾。

蝶と稲妻
流想十郎蝴蝶剣
鳥羽亮
剣の腕を見込まれ、料理屋の用心棒として住み込む剣士・流想十郎には出生の秘密がある。それが、他人との関わりを嫌う理由でもあったが、父・水野忠邦が会いたがっていると聞かされる。想十郎最後の事件。

雲竜
火盗改鬼与力
鳥羽亮
町奉行とは別に置かれた「火付盗賊改方」略称「火盗改」は、その強大な権限と広域の取締りで凶悪犯たちを追い詰めた。与力・雲井竜之介が、5人の密偵を潜らせ事件を追う。書き下ろしシリーズ第1弾！